新潮文庫

ぼくがいま、死について思うこと

椎名　誠著

新潮社版

10419

目次

ぼくがいま、死について思うこと

少しずつ消えていく

飲み屋での「刷り込み」

「死」について考えることにした。

きっかけは「健康」だった。二年に一度、一泊二日で人間ドックに入る。大きな近代的な病院なので、MRIで頭の中を輪切りにし、ファイバースコープで食道、胃、大腸まで克明に調べる。嫌だが仕方がない。孫ができて、しきりに可愛がっていると「健康で生きていくことに責任を持つ歳になったのだから」と妻はぼくに言い、彼女に連れられて強制的に人間ドックに行かされるようになったのだ。妻に牽《ひ》かれて人間ドック。

一人で生きていて、孫などもいなかったら、そんなふうに自分の健康チェックなどに関心は持たなかっただろう。

「健康で生きることが責任」という思考がやや鬱陶《うっとう》しかった。

しかし妻のいうことが正しいのだろう。

人間ドックは三回目だが検査の結果は前と同じようなものだった。肝臓のγ―GTPの値がやや高い。毎日酒を飲んでいるのだからこれは当然だと思う。

尿酸値が高い。毎日飲んでいる酒の九〇パーセントがビールだからこれも当然だろう。この二点である。脳の中にところどころ小さな出血の跡があった。だいぶ過去のものらしい。二十一歳の頃、自動車事故で頭を打ち、脳内出血で四十日間入院した。そのカケラ跡なのだろうと勝手に解釈した。

食道から肛門まで異常はなかった。ガンの兆候、前立腺の異常もない。高校生の頃から青年期まで柔道とボクシングをやっていたので筋肉質だ。今でも毎日軽い床運動を続けているのでその成果あってか体脂肪の値はシングルだった。

以前高血圧を指摘され、タマネギを毎日食えばいいというのでバカのように毎日そうしていたら、あるときから劇的に正常値になり、降圧剤がいらなくなった。八割の人にタマネギのそういう劇的効果があるというが、本当だったのだ。

この成績表を主治医（精神科医）のところに持っていって見てもらったところ「日頃の生活を見ていると、この程度の生活習慣病で済んでいるのが信じられない」と悔しそうに言った。

さらに主治医は言った。

「あなたは自分の死について真剣に考えたことはこれまで一度もないでしょう」

図星だった。

この歳（六十七歳＝二〇一一年）で、自分の死について真剣に考えたことがないのはバカである、と言われているような気がした。

「そう思って言ったでしょう」

とぼくは主治医に言った。この先生とは三十五年のつきあいだ。何でも言える。

「そうだね」

医師もぼくになんでも言う。

でも、それとは別にぼくは自分がこの歳までちゃんと生きている、ということが不思議な気がしている。そんなに長く生きると思っていなかったのだ。

それにはこんな「刷り込み」がある。

二十代前半の頃に浅草橋の「けっとばし屋＝馬刺屋」のカウンターで一人で飲んで

いたら、となりに座っていた年配の人が話しかけてきた。

要点は「手相を見ていいかい」だった。

易者なのかどうかは聞かなかったのでわからない。その人はぼくの両手をじっくり見て次のようなことを言った。

「君はかなり自分の好きなように生きていくことができる。でも気をつけないと早死にするよ」

早死にが何歳ぐらいなのか聞かなかった。気持ちが悪かったからだ。その年齢を知ることがではなくて、その人の存在がだ。男の手を握りたがるホモかもしれない、と思った。

その人のおかげで(というよりその人のせいで)自分は四十歳ぐらいで死ぬのではないか、と漠然と思っていた。げんにその年代の頃に世界の辺境地と言われるところに連続して出かけており、雪のつもった高さ二百メートルの崖道を馬で越えたり、氷河雪崩にあったり、外国の海のディープダイビングなど若いが故の過信で、いくつもの「危機一髪」というような状況に直面した。

いずれも生還したから、いまこんな文を書いているが、二〇一一年の福島原発の事故がきっかけで、最近になっていままで謎だったことの原因が放射能がらみだったと判明した。ぼくは四十代の頃に被曝《ひばく》している可能性が強いのだ。日中共同による「楼《ろう》蘭《らん》探検隊」の一員としてタクラマカン砂漠への長い旅に出たおり、途中から中国政府が無線でいろいろ干渉してきた。政府の許可を得ている探検隊だったが、自由に動けるエリアをかなり制約してきた。理由が分からなかった。それが福島原発に端を発したいろいろな関連報道であきらかになった。

中国政府は、新疆《しんきょう》ウイグル自治区の東に位置する楼蘭遺跡のすぐ近くで、核実験を、その頃も含めて三十年間にわたって行っていたのだ。タクラマカン砂漠のそのあたりは数千年にわたって南東からの風が吹いている。

秘密にされていたがウイグル人を中心に二十万人が被曝死したらしい。

我々はたった一カ月のあいだだけだったが、この放射能風にむかって進んでいたのだ。

『ジョン・ウェインはなぜ死んだか』という本がむかし出たが、アメリカの俳優にガンによる死が増えており、経緯をしらべると砂漠の同じような場所での長期ロケをしている。その砂漠ではアメリカ政府が秘密裏に核実験をしていたことが判明したのだ。

そんなようなアレコレがあって、ぼくは四十代で死んでもおかしくない行動をしていたのだ。しかししぶとく生き残った。

そして「死」についてまじめに考える時間をここに得た。ぼくは「早死に」の「刷り込み」からいつのまにか解放されていたのだ。これまで精神のどこか奥のほうにその「刷り込み」があったらしく、ぼくはなんでもがむしゃらに人生をやってきたような気がする。

死の予知夢

まず自分はこれまでどのくらい「人の死」に直面してきたのか、ということについて考える必要がある。

いまだ記憶に鮮明なのは「父の死」である。ぼくは十二歳だった。小学校六年である。

父は公認会計士の仕事をしていた。ぼくは東京の世田谷区三軒茶屋の生まれ。その頃まで父は元気に働いていたが、なにか大きな事件に巻き込まれ、世田谷の五百坪の土地と家を失い、千葉県の幕張に流れた。父はそのまま寝込み、五年後に死んだ。なにかと謎の多い家で、父の死によって自分には異母兄弟が沢山いる、ということを知った。二人の母のもとに生まれた兄弟は必ずしもそれぞれの母のもとで育つ、というわけではなく、いくらか錯綜《さくそう》している。ぼくが長男と思っていた人は先妻の子供であり、その上には一緒に暮らしたことのない兄や姉がいる。全部で九人いて、ぼくは下から二番目。でもそういうことは父の死からだいぶたってじわじわ知っていったことである。

家族のことについて「ん？」と疑問に思うことがあっても気軽に聞けないような気配、雰囲気というものがその家の周囲にあったのだ。

父の葬儀は一月のひどく寒い日に行われた。みぞれの降っているなかで、ぼくは学生服を着て震えていた。

「父の死」はそんなに激しく悲しいことではなかった。何故なら父は非常に厳格で無口で、気軽に会話した記憶がぼくにはないからだ。父が仕事から帰ってくると子供たちは玄関にかしこまってすわり、両手をついて「おかえりなさい」という習慣になっていた。父は不機嫌そうに帰ってきて、だまって子供らのあいだを通って、自室に入った。

誰がそんなことをさせたのか。あとで知るのだが父ではなく、後妻であるぼくの母がそうさせていたのだった。父の不機嫌さはそんな大仰なことが嫌だったからなのかもしれない。けれど子供だったぼくは父が好みでやっていることと思い、封建的でやたらに怖い親、というふうに思いこんでいた。

ぼくが小学校五年の頃にトイカメラで撮った父の写真がある。たった一枚だ。父は少し体の調子がいいときに廊下にある籐椅子に座って庭を見ていることがあった。その後ろ姿だ。とても怖くて正面から撮ることができなかったのである。

仕事柄、葬儀は立派で大勢の人が参列した。ぼくのすぐ上の兄は号泣していた。どうしてそんなに悲しいのかぼくにはよく分からなかった。戦争帰りの長兄（異母兄弟であり、実際には三男）が父の仕事を継ぐことになり、神田にある事務所にそのまま入れ代わって通うようになったが、大学を出て間もない歳でもあり、貫禄があまりにも違うので、父の時代の「お得意さん」がどんどん離れていき、長兄はかなり苦労していたようだった。

母は八十四歳で亡くなった。父の死から四十年後の一九九七年のことだった。

母の死については「衝撃的」な体験がある。「予知夢」を見たのだ。ぼくは赤ん坊みたいになった母を抱いており、だめだよ、元気だしてよ、などということを言っていた。そして頭と顔をさわるとグズグズになっている。骨が砕けているのだ。だめだよ、これじゃ死んでしまうよ。ぼくは大きな声でそう言った。その自分の声で目が醒めた。母の夢を見ることなどめったになかった。

目が醒めてぼくは「母が死んだ！」ということが強烈にわかった。慌てて時計を見た。三時すこしすぎ。ぼくは階下にある妻の寝室に行き「母が死んだ」と言った。

妻ははねおきた。

「どうしたの？　電話があったの？」

妻は聞いた。

「いや。夢だ。母が死ぬ夢を見た。でもかなりはっきりした夢だった。ただの夢じゃなかった。きっとじき実家から電話がくる」

ぼくはそう断言して、いささか呆然として自分のベッドに戻った。気持ちの衝撃はまだおさまらなかった。

やがて必ず、その知らせがくる、そういうことを覚悟してぼくはずっとぼんやりしていた。

そのまままいつの間にか寝てしまっていた。

東の空が白み、いつものようなまともな時間に起きて「電話なかったな」と妻に言った。

「やっぱりただの夢だったのか。それにしてはあまりにもリアルだったなあ」

朝食をとりながら妻にそう言った。

なにか変事があったら必ず連絡がくるから、こちらから電話して確認するのもヘンな話だ。

七時頃に電話があった。

母が倒れていま病院に運ばれていった、という義姉からの電話だった。母は長兄夫妻のところで暮らしている。ぼくは近くに住んでいる弟に連絡した。「これはぜったいまずいことになる。今すぐ実家に行こう」

弟はぼくとちがって兄弟のなかで一番の親孝行で、毎日のように母に電話し、なにかといえば実家にも行って母の世話をしている。その前の日も元気な母と電話で話をしたばかりだと言った。

だからわりあい平然としていた。

「大丈夫。昨日はどこも具合が悪くなかったからたいしたことはないよ」

そういう弟に文句を言い、ふたりですぐにクルマで実家にむかった。そのころ我々は武蔵野に住んでおり、実家は千葉の幕張だ。

湾岸道路に出た頃にぼくの自動車電話（まだ携帯電話時代ではなかった）に、いま母が病院で息をひきとった、という知らせが入った。午前九時だった。

六時間後を予知する夢を見たのだ、とぼくは思った。しばらくだまって運転していた。

母は自分の死を、なぜいま一番一所懸命に面倒を見てくれている弟のところに知らせるのではなく、ぼくのところに知らせたのか。そのことを考えていた。思いあたることがひとつあった。

なにかよくわからない記憶

以前、ぼくが自動車事故を起こして脳内出血をし、四十日間入院していた話はすでにした。真夜中の事故だった。救急病院に運ばれたぼくは顔と頭がはじけるように裂けているのが手さぐりでわかった。アドレナリンが噴出しているので手で触っても痛くないのだ。医師に「ぼくのこの傷はもとに戻りますか？」と聞いた記憶がある。医師は「君はいまそんなことではなく、生きる！ということを考えるのです！」と怒るようにして強く言った。

手術がおわり処置室でストレッチャーに寝かされたまま朝を迎えた。そのとき母親がかけつけてきて、ぼくの頭と顔の包帯をほどき、傷を子細に見ていた。いかに母親といえど病院で勝手にそんなことができる筈はないからそれは夢だったのだろうが、変にリアルだった。そのときのことを思いだした。

ぼくは小学生の頃から常に暴れて怪我ばかりしており、母にとっては一番心配な子供だったのだろう。ぼくのところに夢が飛んでくるのはそれだからなのかもしれない。ぼくはそう解釈した。なぜならその前に、そのような「予知夢」など見たことがなかったからだ。

母の葬儀は寂しいものだった。しかし納骨式のときに長兄が「これで母もやっと人生をかけて愛していた夫と一緒にいられることになりました」と挨拶していたのが印象的だった。

あとで戸籍謄本《とうほん》をくわしく見て分かってくるのだが、後妻だった母は戸籍の上では別姓で、ついに入籍することはできなかったのである。納骨式のとき、長兄はそのことを言っていたのだとわかった。

二〇一一年三月、その長兄が死んだ。海軍の砲兵だった長兄は傷痍《しょうい》軍人でもあった。戦地での手術は乱暴なもので、関節をやられた足は膝がまがらなくなっていた。それでも長い期間父親がわりとなって我々の面倒を見てくれたのだ。

長兄の柩《ひつぎ》には長く愛読していた軍艦に関する本と、みんなで買った、太平洋戦争のときに絶対負けなかった「駆逐艦・雪風」の精巧な模型が入れられた。

それは福島原発の事故の翌日のことであった。

同じ年の六月には姉が死んだ。長兄も姉も先妻の子供である。後妻である母はぼくを含めて六人の子供を育てたのである。これで残った兄弟は三人になった。先妻の異母兄弟はほかに二人いるが、交流が途絶えてしまって、いま無事でいるのかさえぼくは知らない。

こうしてぼくが育ったひとつの家族はばらばら崩れていき、あとをそれぞれの兄弟の子供らが「椎名家」の残像をひきずりながらあたらしい一族として血をつなげていくのだろう。

血族の死をぼくはこんなふうに体感してきた。戸籍謄本を見て気がついたことのもうひとつは、ぼくの父のもとの姓は「宮崎」で、椎名家に養子縁組して入籍していることであった。

そしてぼくも二十代に椎名家から別の戸籍に移っている。いまのこの「椎名誠」は旧姓なのだ。それであるから、厳密にいうと、いま書いてきた家族の死は、戸籍上はぼくと関係ない「ある一族」の死の系譜である。

面白いものだ。

家族の死のほかにもこれまで親しい友人、世話になった人、恩師などさまざまな人の死に触れてきた。それはまた家族とはちがって別の情感がふくれあがるものだ。身近な「人々」の死に触れながら、「人の死」と「自分が生きる」ということについてさらに自分なりに掘り下げて考えていきたいと思っている。

「さよなら」と言えない

酒場で一人、献杯をした

何人かの友人を亡くした。ぼくもまだ若い頃だったが、登山家の若い友人が冬山の単独行で雪崩に巻き込まれた。遺品はみつかったものの今日まで遺体は発見されず、なんともおさまりのつかない気持ちで、その友人の死を認めるしかなかった。

それ以外の友人の死はガンに冒されたケースが殆どだった。ガンが発見され、手術では快癒せず、放射線治療などで闘病するも、結局時間の問題ということになってしまう。そういう状況になってからの見舞いほど辛いことはない。

一番悲しかったのは、ぼくが四十代のはじめの頃からさまざまなことでお世話になった土佐、中村市（現四万十市）の水中カメラマン岡田孝夫さんを見舞いにいったときのこと、そしてその死であった。同じように親しかった写真家の中村征夫《いくお》さんと一緒に中村市の病院を訪ねた。本人も、死が近い、ということを知っていた。体も顔も極端に痩せてしまっていたので面《おも》がわりし、最初は別人を訪ねたような気がした。岡田さんが元気な頃、我々三人はよく土佐の海や四万十川を潜っていたのだ。

だから、病状のことは敢えて互いに話題にせず、かつて三人で潜った海や川の話をした。あのときはこうだったよなあ、あのときは素晴らしい風景のなかでカッポ酒（竹に酒を入れて焚き火でカンづけする）を飲んだよなあ、などというとりとめのない、でも楽しかった頃の話だ。ぼくと同じ歳だった。四万十川を舞台にした小さな映画を撮ったとき、全面的に協力してくれた恩人で、ぼくはこの友人から「際限のない人間的なやさしさ」というものを学んでいた。

病室で最初元気のなかった岡田さんは、話がゆっくり展開していくなかで少しずつ笑顔をみせ、限りのあるその「時間」を全身で嚙みしめているようであった。

二時間ほどだったろうか。我々が帰る時間になった。そのときぼくは岡田さんになんと言ってそこを去っていけばいいのかわからない空虚な沈黙におしつぶされそうになっていた。まさしく「さらば友よ」そのものであったからだ。

不幸な結果が近い時間に待っていることを知っているわけだから「早く元気になってまた一緒に海に潜ろう」などという空疎なことは言えない。「また近いうちに見舞いにくるから」という言葉も、距離的に時間的に実現性が薄かった。おそらくその瞬間が生きている岡田さんを見る最後だろう、とわかっていた。だから、「さようなら」とも言えなかった。

結局ぼくは「互いに楽しい時間をいっぱい持ったよなあ。楽しい人生だったよなあ、岡田さん」と言うしかなかった。涙はこらえることができた。けれど岡田さんの眼鏡の奥の目を見ながらそう言うのが精一杯だった。

岡田さんははっきりと悲しい目をしていた。そしてその半月後に逝った。

ぼくは東京の酒場で、一人で献杯をした。

『オーパ！』などの写真で知られる写真家の高橋昇《のぼる》さんもガンで逝った。東京の病院に入院していたので、そのときは何度も見舞いに行くことができた。普段めちゃくちゃに面白い人で、人を笑わせる天才だった。一緒に沢山の旅をした。ぼくがモンゴルで映画を撮影しているときは一カ月半、草原で一緒に過ごした。彼がいるとまわりの人々の笑いが絶えないから、大勢の製作関係者と緊迫したような空気にあるとき、監督として全体を引っ張っていく立場にあるぼくは彼がいると精神的にかなり楽であり、効果的な息抜きになった。

入院し、彼もやはり手術しても助からない状態になっていた。笑わせる名人は掠れるような声しか出ず、痛さに耐えている顔を見ているのが辛かった。喋っても声にならないので、見舞いに行っても互いに黙っていることが多かった。だから岡田さんのときのように楽しかった頃の話もできなかった。このときの見舞いで唯一の救いは都内の病院だから、それが励ましになるのかどうかわからなかったけれど「また近いうちにくるからね」と言って病室を出ることができることだった。

彼の訃報は、富山県八尾の「おわら風の盆」の取材中に聞いた。この盆踊りは最終日は朝まで踊っている。そういう人々の写真をぼくも徹夜で撮影していた。黎明の頃に彼と共通の親しい友人からぼくの携帯電話に「ノボルが逝っちまった」という連絡が入った。

それでも目の前で三百人ぐらいの人が踊っていた。流しの地方《じかた》が嗄《しゃが》れた声で「風の盆」の唄をうたっていた。ぼくにはそれが地面を這うような声に聞こえた。

この斎場は何かを間違えている

　親しい編集者の死も辛かった。その人はぼくに好きなように小説を書かせてくれた。純文学系の雑誌に連載一年の予定で書いたSFがそれでは終わらず一年半に延び、二年に延び、最終的に二年半も書いていた。やがて単行本になったが、好きなように書かせてもらったおかげだろう。ぼくにとってはかなり価値のある素晴らしい文学賞を受賞することができた。

　作家と編集者はプレーするものとそのコーチ兼トレーナーのような関係になるが、彼はそういう恩人の一人だった。やはりガンだったが、気丈な人で、見舞いにいくと、自分がこれから施される手術の内容を自分で大きな絵に描いて見せてくれた。それは人体を切り開く解剖図のように見えた。

　手術は成功したかのように思えたがリンパ節への転移があって、それから三カ月ももたなかった。

　葬式は都内の斎場で行われた。いつの頃からか日本全国に同時多発のように作られていた「斎場」のひとつで、地方都市などにいくと道路に面して一見殊勝に地味なふりをしているが、よくみるとかなり派手なディスプレイを施している斎場が目立つ。チェーン化している斎場も多いようでその呼び名も様々だ。

葬式を自宅でやる家が少なくなり、こうしたところでてっとり早くシステマティックに葬儀を済ませてしまう、という風潮になり、「斎場」はあたらしい葬式産業の一形態としての地歩を固めてきているらしい。

葬式における煩わしいいろいろなしきたりや一連の流れを、そういう葬儀専門の業者に託す、といういまの「斎場」のしくみは時流や遺族の意にかなったものであるのかもしれないが、このときぼくはこうした斎場に本質的な疑問を抱く「あること」に遭遇した。

あれは僧侶による読経がはじまる前だったろうか。館内にとつぜん低く沈んだような声が、しかしプロのアナウンサー経験者かなにかだろう、みごとに抑制の効いた話しかたで、モノローグ調の「おはなし」とでもいうような女性の「声」が流れはじめた。

「ゆっくりした、悲しみをこらえたような声で「ひとは、生まれるときに、両手をかたくにぎりしめているといいます……」

なんていうようなことをいきなり言い始めるのだ。よくは覚えていないが、たいした時間ではなかった。言っていることだって、人は生まれたからいつか死をむかえる運命になっているのです……、などというどうというものでもなかったが、聞いていてむしょうに腹がたった。その声はあきらかに録音されたもので、言葉のプロがなにかを読んでいるだけのものだ、ということがはっきりわかった。その日葬儀でおくられるガンで死んだ編集者と縁もゆかりもない、ただの言葉の職業人の、しかも何時録音されたかわからないような、つまりはビジネスの声が天井付近のスピーカーから聞こえてくる。

やめてほしい、と思った。

「あざとい」という言葉が頭のなかで回転していた。「葬儀屋どもめ」という怒りが噴き出した。おそらくこの斎場では、すべての葬儀にこの声を流しているのだろう。縁もつながりもなにもないどこかの「言葉の職業女」に、本当の悲しみにつつまれた参会者がおちょくられている、という気分だった。

この斎場は何かを間違えている。人の死をおくる真剣な悲しみのなかに、このような演出は必要ない。韓国の葬儀には「泣き女」というのがいて、悲しみを演出するひとつのてだてにしている、ということを聞いたことがあり、ちょっとした違和感を覚えたが、そこには韓国文化の独特な匂いがして、そういうしきたりもあるのか、と思い嫌な気持ちにはならなかった。けれど、この強引な天井スピーカーからの女の「おためごかし」の声は、何かを絶対間違えているのだ、と強く思った。

「葬儀には白」のしきたり

かねがね結婚式と葬式は似ている、と思っていた。どちらも時代とともに似たような変化（進化？）をしてきた。むかしはどちらも自宅でとりおこなうのが普通で、狭くて人があまり入れない家は、その集落の集会所などをつかっておこなっていた。結婚式も葬式も近所の人が手伝うのが当たり前で、村長やその集落の長《おさ》や長老などの指示で、その地域ごとに多少ちがっているしきたりや手順が伝承されていった。

『写真でみる日本生活図引5　つどう』（弘文堂）に昭和六年、新潟県南魚沼郡塩沢町石打関（現南魚沼市）の葬儀の様子が詳細に出ている。

土葬する墓の近くらしいところで撮られた全員の記念写真が目をひく。葬儀の衣装が白ずくめであり、いささか異様に見える。

説明を読むと、この時代の日本人は白色を「新生」もしくは「再生」、黒色を「成熟」という感覚でとらえていたという。結婚式で花嫁が白無垢を着るのは新生を意味し、お色直しには黒い着物を着た。黒色の「成熟」には「末長く」という意味も含まれていたからである。

死者には再生を願って白の装束を着せ、それをおくる親族も死者との連帯を示すために白の着物を着たのである。

それがいつの間にか喪服は黒ということになっていったのは、西洋文化の浸透が影響しているのではないか、とこの本の説明にある。神前結婚式が、西洋式の教会の結婚式の模倣であるように、葬儀でも西洋式に黒い式服を着るのが一般的になっていったのではないか、と推測しているのである。

けれどこの写真にみる昭和六年頃であると、黒い服を着ることは死者との連帯を解くことであり、ひいては死者を突き離す意味になってしまう。

この伝統的な「葬儀には白」のしきたりがまったく逆転していった過程に、結婚式や葬儀の露骨なショービジネス化が関係しているように思うのだが、それは先の課題にしておこう。

この本には昭和三十三年の岩手県岩手町穀蔵の村の結婚式の写真とその詳細も出ている。結婚式も葬儀と同じように村の人が総出で手伝い、式は花婿の自宅で行われた。

結婚式はできるだけ派手にやる風習で、ここに紹介されている村人の手づくりといっ

ても いい結婚式でも二、三十万円はかかっている、と説明にある。時代を考えると相当に大きい金額で、それだけの費用を捻出するために、家によっては山などを売るケースもあったらしい。

現在、いかに歴史や伝統のある地方のお金持ちでも、結婚式や葬儀はめったに自宅ではやらなくなっているようだ。これは「クルマ社会」のいま、どちらも人が沢山集まってくるのにそれらのクルマを収容できる敷地をもっているところが圧倒的に少ない、ということや、村社会のような近所付き合いがなくなってしまったため、その「しきたり」を知っている長老や「手伝い」の手が殆どなくなってしまっている、というところが大きいと考えていいだろう。

結婚式などの会場はホテルが主流となりつつあるが、ホテル側は神式と西洋式の教会の「模擬装置」を内部に設けているのが普通で、どこでもこれは重要な儲かるビジネスのようだ。

ある調査で知ったが、結婚式の「やりかた」の主導権を握っているのは圧倒的に女性のほうで、人気は当事者の信仰や人生のポリシーなどいっさい関係なく西洋式の「教会結婚式」であるという。

いま東京の原宿あたりを歩くと教会がやたらと沢山あることに気づく。どれも目立って美しい建物で、表参道の裏側の道などは百メートルいくあいだに三つぐらいそういう教会があったりする。キリスト教の信者がこのあたりに密集しているわけではなく、みんな結婚式用の教会なのだ。構造としては「ハリボテ」の教会なのである。

そのいくつかを取材したことがあるが、中の造作はいかにも若い女性好みのデザインや彩色で、中央にある十字架は七色に光るキンキラのイルミネーションだった。まあ殆どディズニーランドの世界なのだ。牧師はそこらでブラブラしている単なる外国人でもよかったりするというから、キリスト教式結婚ごっこ、といったほうがはなしは早いような気がする。

どうしてキリスト教の信者でもないのに教会の結婚式が人気なのか。理由は映画などでたびたび欧米の結婚式の場面が登場し、その「舞台装置」やコトの展開がスマートでカッコいい、という単純なところにあるようだ。要は幼稚なのである。

一方の結婚式がこのような状況になっているのだから、さっきいちゃもんをつけていた斎場での「やらせの悲しみのモノローグ」などはまだおとなしい「進化」というべきなのかもしれない。

葬儀産業の手練手管

とはいえ、日本の葬式は、規模が大きくなるにつれて、近親者の「死」を当事者が心から悲しむ余地がないほどにみせかけの豪華さを競うおかしな方向に走ってきた感がある。結婚式が「幼稚なカッコよさ」に走ってその本来がデフォルメされているように、豪華葬儀のほうは遺族の「見栄」が主軸になっているのだろう。またそれを煽《あお》る葬儀産業の手練手管もそうとうなものだ。

前章で書いたようにぼくもいくつもの身内の葬儀に関係したが、葬儀社の言葉巧みな営業根性にはまったくびっくりした。

よく言われることだが、葬儀の祭壇にしても棺桶にしても、せいぜい使うのは二〜三日である。棺桶などは完全に燃やしてしまうだけのものなのに、カタログをみるとたくさんの種類があり、それぞれに質の異なるものが揃っている。値段もびっくりするほど高額のものがあるのを知った。そして葬儀社の人のセールストークの巧みさは、完全に人間の心の揺れや迷いをつかみ、それを活用しているように思えた。見栄だけでなく、死者をおくる尊厳の意味とか、最近の世間の風潮など、いろいろな技を繰り出して少しでも高い値段に設定させようとする。

状況によっては喪主が激しく動揺している場合も多いだろうから、葬儀社の「いいなり」に決められていく、というケースもあるのだろうなという率直な印象をもった。

葬儀費用は国によってどのようになっているのだろうか。島田裕巳『葬式は、要らない』(幻冬舎新書)によるとアメリカが約四十四万円、以下イギリス十二万円、ドイツ二十万円、韓国三十七万円、そして日本がとびぬけて高く二百三十万円、となっている。

これは平均であるから、豪華葬儀となると一千万、二千万円などという例もありふれて行われているのだろう。そしてたぶん日本が世界で一番葬儀に高額な費用をかけている筈である。これを冷静にどう判断するか難しいところだ。ひとつの側面に「金のある国」という背景があるだろう。ひところにくらべたらそれもだいぶ低迷化しているようだが、例の「見栄」の構造が働いて、生活費用とは別に葬儀費用にあてるために特別に金を用意してある、などという例もあるらしい。

母が冬の風になっていく

突然の慟哭

死について、強烈な記憶がある。だいぶ以前の外国での体験だ。ある大きな川を下っていた。状況に応じて陸路か川ルートかを選んでいた。陸路を行くとき、その国の案内人がバイクで先にいく。我々は数人のラオス人及びカンボジア人と二台の四輪駆動車に分乗してそのあとに続いていた。バイクは必要以上にとばしていて、ずっと先を走っており、その姿は見えなかったが、なかなか消えない砂埃が我々の行くべき方向をはっきり示していた。

ある山奥の村にさしかかったとき、激しく泣き叫ぶ声がした。砂埃のなかで七、八人の村人が道端に集まっていた。泣き叫ぶ声は女の声、どうやら母親の声だった。女の子か男の子かわからなかったけれど、母親の腕の中にいる十歳ぐらいの子供の白い顔が見えた。首があきらかにおかしな方向に曲がっているので、もう死んでいるらしいと判断できた。

ドンコイという名の我々のチームの年寄りのリーダーが「そのまま通り抜けろ」と叫ぶように言った。ラオス語なので実際はぼくにはぜんぜん分からないのだが、そのときはドンコイの言っているのはそういうことだと気配でわかった。かかわりあいになるな、ということだと思ったが、実際は大いにかかわっていたはずなのだった。

もとよりクルマなどめったに通らない山奥の道だ。先頭を行っているバイクの若い運転手のいささか危険で自慢げな顔が頭に浮かんだ。

その日の夜、泊まったところで、バイクを運転していた若い男はあきらかに狼狽していた。ドンコイに呼ばれて、しばらく話をしていたようだが、ぼくたちには何が話されていたのかまるでわからなかった。やがて若者は戻ってきたが、誰も何も言わなかった。ぼくは、そのバイクの青年が、夜更けに泣いているのを見た。そのことを後に小説に書いた。

少し前まで元気に生きていた「人間」が、ぼくに関係する「人間」によっていきなり血の気のひいた「白い顔」になって死んでしまったことが、その後何年か、脳裏を離れなかった。旅先で人の死に触れたことは何度もあるが、関係者の一人だったためか、このときの記憶が強く重くのしかかり、ぼくの心をいまだに苛んでいる。ほんの一瞬前まで健康に暮らしていた自分の子供がある瞬間、いきなり死者になる。母親の悲しみと怒りは想像もつかないほどすさまじいものだったろう。

けれど加害者を追跡して捕らえるクルマも、そういうことをやるべき警察やそれに準じた組織もそこにはなかった。だから我々を追跡してくる者は誰もいなかった。

途上国の山奥の村に住む人は、そんな理不尽な、いきなりの悲しみにも黙って耐えるしかない、という悲しく厳しい現実を知った。

翌日も同じ車列で出発した。バイクは最初の頃は前日より遅いスピードだったが、やがて昨日の現場からより早く遠くへ逃げるような気配をみせて、スピードをあげていった。ぼくは前日見たような小さな山村を通りすぎるたびに気持ちをおののかせていた。

煙と風

今、ぼくたちの国では、死ぬとよほどこだわりのある場合でないかぎり、葬儀は葬儀所（葬儀会社）の考えた仕組みどおりの段取りをへて、たいがい二時間ぐらいで終了、そのあと焼き場に行って、時間がくると火葬炉の中で焼かれる。

棺の中では、衣類や花や副葬品などに囲まれてはいるが、そのときがその個人（故人）の「人間としての最後の形」である。顔もからだも生前よりはずいぶん色など変わっているのは当然だし、その内側は硬直しているのだろうが、まだ「人間のからだ」である。

この「人間」としての最後の姿をぼくは何度見たことだろう。数えていないし、なぜか数えたくもないのだが、ぼくはこの儀式が終わって死者が火葬にされるとき、一番強く「生」と「死」の境界を意識する。死が確認され、残された者によって葬儀という「ひとくぎり」の儀式が行われ、きちんとしかるべきところに埋葬してもらえることだけでも、幸せな人生だったんだろうな、と今は考えている。

父が死んだとき、ぼくはまだ小学生の子供であり、沢山の葬送者がいたから、家のなかはごった返していて明確な記憶はないが、母が死んだのは一九九七年のことであるし、母は八十四歳だった。これほど高齢になると葬式も告別式も「おくる人」はわずかで寂しいものだった。

しかし、それだからなのだろう、形あるものが火で燃やされることによってあらかた消滅してしまう、ということをかなり冷静に見つめ、考えることができた。そしてその過程で、はじめて「母の死＝人間の死」というものを静かに素朴に「消滅」として受け入れることができたような気がする。

だから、子供を死なせてしまったらしい川を下る旅から帰ったあとは、突然の子供の死について、母親の悲しみの深さについて真剣に考えるようになった。人が受け止めなければならないあらゆる悲しみの中で、それは慟哭という言葉以上の苦しみと悲しみなのであったろうと。

こういう体験を経たからだろうか。年齢のいった親族の死（たとえば母）を「幸せな消滅」として冷静に受け止められる精神的な余裕を得たように思う。

日本舞踊の師匠をしていた母は、ぼくが子供の頃にはかなりしっかりした体格と思っていたのだが、棺桶の中に納まっているその姿は人形のように小さく思えた。一連のテキパキした「お別れ」の手続きを経て、棺の蓋はとざされ、あとは火葬の時間になった。

骨だけになり、その骨を拾うまで二時間ほどかかる、と言われた。慣習としてそのあいだ葬送者は、待機している部屋で飲み食いしているわけだが、ぼくはとてもそんな気にならず、建物の外に出た。父が死んだ真冬の季節と近いので空気は冷たく、季節風が吹いていた。

　ぼくはそのあたりを少し歩いた。知らない町だった。三十分ほどして帰ってくると思いがけないほど低い煙突から煙が出ていた（火葬場の煙突から出る煙を近隣の住人が嫌うので、最近は煙の出ないハイテク化がすすみ、煙突もほとんど目につかなくなっている）。

　それでも地表より高い場所だから季節風は地上よりもっと強くあたっていたようで、灰色と白のまざった薄い煙は煙突からほぼ直角に曲がって吹き流されていた。

　いくつもの炉があったから、必ずしもそれはぼくの母だけが燃えていく煙ではないのだろうけれど、時間的にいってあの白と灰色の煙のなかのいく筋かは母のものなのだ、ということを確信した。

　母は二月の冷たい風にのって、いま大気のなかに流れていくのだ。母は冬の風になっていくのだ、ということを認識したとき、母は結構幸せに死にゆく人生を歩んだのだ、という安堵を感じた。そうしてぼくははじめてひとりで涙を流した。

　おもいがけない予知夢としてぼくの心のなかに誰よりも早く飛び込んできた母の死は、ぼくの心のなかに知らないうちにできていた「ひとつの血筋とその継続」ということを改めて本気で意識させた。ぼくもいつか確実に死に、そのときにはぼくの子供たちになんらかのかたちで「血筋」の継続を意識させることになるのだろうか。「血筋」とは「魂」の継続なのだろうか。

ぼくはさっき流した思いがけず熱く感じられた自分の涙が冬の風のなかで乾いてくれるまで、同じところに立ちつくし、なおも「形」と「血筋＝魂」のことについて考えていた。

これからあと一時間余もすると母の体は焼き尽くされて消滅し、わずかな骨が残る。それを身内らでひろって骨壺に入れる。もうその段階になると「母の骨」は「母の残骸」であり、母の魂そのものは、さっきぼくが感じた「冬の風」になってどこか遠くに流れていってしまったと考えるのがとても自然のような気がした。そう考えることができると、埋葬のときに少し気持ちが軽くなるような気がした。

石の墓の意味

骨だけになってしまった母は、菩提寺の墓に埋葬された。あの無機質な石だけで作られている日本の墓はいかにも冷たく形式的で、愛する者がそこに納められる風習になにか理屈に合わない「冷たさ」を感じた。感覚的な「冷たさ」に加えて精神的な冷たさだ。なぜ日本人の墓は石で作られたものが一般的なのだろうか。そういうことを、母の死のときに考えた。

知り合いで中央アジアに生まれ、アメリカの先住民のもとで育った女性からこんな話を聞いたことがある。どこかで日本の墓参りを見たことがあるらしい。彼女は言った。

「日本人は墓参りのときに墓のまわりに生えた雑草をみんな抜いてしまい、かわりに切り花を供えますね。自分らの先祖が埋葬されている墓から生まれてきた植物の新しい〝命〟を無造作に抜き取り、切り花という、つまりは〝殺して〟しまった花を供えるのは、意識としておかしいのではありませんか。わたしは逆であってほしいと考えます」

日本の墓の形式を見てみよう。平均的な墓は中央に石塔（棹石《さおいし》＝墓石）がたてられる。それは花崗岩で作られることが多く、棹石を支えるようにその下に「上台石」「中台石」「下台石」と次第に大きな石が敷かれ、その前方に「水鉢」や「香炉」が置かれる。

骨壺はこれらの石の下にある「納骨室」に入れられる。ここに先祖代々の骨壺が収められている。この形式を「カロウト式」といい、墓の形態としては世界の習俗から見るとかなり特殊であるらしい。特殊、というのは「埋葬」という言葉が関係しているからだ。

文字通り「埋葬」は土葬なら遺体ごと、火葬なら骨をそのまま地中に埋める、という意味になるから、さきほどぼくが書いた「遺骨を壺にいれて埋葬する」という表現は実態とはいささかちがっていることになる。

本当に埋葬した遺体なり遺骨なりはよほどの事情がないかぎり、埋めた土を掘り返し、再び外にさらすことはない。ところが日本のカロウト式のものは、その一族の新たな死者の遺骨を納めるたびに、言葉は悪いが実質的には「墓あばき」に近いことが普通に行われているのだ。これは世界にもあまり例のない形態、習慣らしい。

いくつかの資料から、日本の埋葬の歴史を簡単になぞっていくと、埋葬は縄文時代あたりから身分の高い人に行われていたようだ。ただしそれは掘った穴に遺体がそのまま埋められる、という簡単なものだった。弥生時代に入ると棺にいれられた。火葬されるようになったのは平安時代あたりからだが、これも身分に関係した。

——多くの一般人は、谷や山のなかに打ち捨てられるのが普通だったという。これは江戸時代の無宿者や行き倒れで死んだ人あたりまで続き、いまよりもはるかに山や谷の多かった江戸では、町から離れたちょっとした小河川の谷筋や海岸やその近くの湿地の埋めたて材料として、人の死骸が利用されていたという（鈴木理生『江戸の町は骨だらけ』ちくま学芸文庫）。

『柳田國男全集12巻』（ちくま文庫）収録の「葬制の沿革について」に両墓制のことが書いてある。簡単にいうと、遺体を埋葬する場所と石塔（墓石）のある場所は同じところではなく、遺族は埋葬する場所（三昧《さんまい》とよばれる。その性質から公共的な土地がつかわれた）とは異なった石塔のほうにお参りする。石塔のほうで祖霊を祀る、ということは遺骨よりも霊魂を重視している、ということになる。

岩田重則『墓の民俗学』（吉川弘文館）を読むとなぜ両墓制になったかということについてこう説明している。

遺体を埋めたところは土地が柔らかくなっている。棺などの場合は、それが朽ちて崩れる場合もある。したがってその上に重い石塔を建てるのは不向きである。けれど遺体を埋めたままにしておくと、山犬などがそれを掘り返す場合もあるから、その上に様々な墓上施設を置く。たとえば枕石で、川原から拾ってきた平たい丸い石が使われることが多い。これは死者をそこに埋葬した、という印だけではなく、埋葬された遺体を鎮めるという意味があったようだ。

その上に屋根をつけたり、傘を立てる場合もある。まわりに竹を割って折り曲げたものを何本も差し込んで、全体を守るような形にしたものをオオカミハジキ、メッパジキ(目っ弾き)、イヌハジキなどと呼んだ。鎌をその上に置く場合もある。

地方によっていろいろ形や意味は変わるが、これら全体が本来の「墓」の原型なのだろう。

けれど、石や傘や割った竹などでしるしたものは長い年月のあいだに壊れたり荒らされたりするから、やがて先祖の埋められたところがわからなくなってしまうだろうことは容易に想像できる。その場所からいくらか離れたところに石塔が建てられ、遺族は永代にわたってその石塔のほうにお参りするようになった。

こういう経緯を考えると、先のアメリカの先住民の思考を語った女性の意見に反論することができる。墓参しているところには遺体は埋葬されていないのだから。

『墓の民俗学』と同じ著者による『「お墓」の誕生』(岩波新書)に「アナッポリ」の話が書かれている。遺体を埋める穴を掘る人のことだ。これはたいてい村の住民が交代順番制でやったようだが、時代を経て墓上施設がばらばらになってしまうことがよくあるから、エリアの限られた三昧のどこかを掘ると、以前埋葬された人の遺骨が出てくることがしばしばあって、これは大変に嫌がられたという。

今のカロウト式の墓は土葬時代のこの両墓制に比べると遺骨とその慰霊の象徴であ

る石塔が同じ場所になっていることから、先に述べたような問題はおこらず両墓制の頃よりは理屈にあう。とはいえ一族の誰かが死に、遺骨になるたびに、納骨室をあけて新たな遺骨を入れる、という方法は世界の埋葬や墓のしくみなどから考えるとやはり相当に異例な「しきたり」と「しくみ」であるのかもしれない。

高層ビルと墓場

ぼくの家にはよく外国人がくる。子供たちがアメリカで暮らしているのと、ぼくやそれから妻が頻繁に外国に行っているので、やってくる人の国籍は様々だ。

はじめて日本に来た人をときおり案内する。日本という国は西欧人、アジア人の別なく、どの外国人にとってもとにかくエキゾチックな刺激に満ちているところらしい。

あるとき、チベット人と羽田空港にむかった。品川から京浜急行に乗っていく。

座席には座らず、わざとドアのところに立って、通過していく風景を眺めていた。その人に日本の風景、風土をより理解させるのがぼくの役目だったからだ。

そのとき、チベット人の彼は質問した。

「あれはなんですか？」

指さす先にあるのは「墓場」だった。

「墓です」

というしかなかった。

そのチベット人は日本に来て三カ月ぐらいたっていたので、日本の文化や風土についてかなり知識を持っていた。

でも電車の中から「墓場」を見るのはそれがはじめてだったらしい。

その彼が質問するまでドアの窓から見える「墓場」についてぼくは殆ど意識しなかった。目に入らなかった、というのが本当だった。

なるほど言われてみると、品川を過ぎたあたりの京浜急行線沿いには次々に「墓場」（お寺）があらわれてくる。都会の墓場だからどれも小さな規模だが、でも意識して見ているとそういう小さな規模の「墓場」が本当に多い。ぼくは気になってしまって、そのあとはそういう「あたりまえ」にあらわれてくる墓場ばかり見ていた。その向こうにチベットにはない近代的な超高層ビルの林立などが見える。考えてみると、そういう墓場の連続と、その先に見える超高層ビルとの対比はすこぶる奇妙であった。

さらに、ぼくは考えていた。

その質問をしたチベット人の住むラサや、そこからおよそ千キロ離れた「仏や神々の山」（仏教、ヒンドゥー教、ボン教、ジャイナ教の聖山）であるカイラスにぼくは何度か行っていたが、その旅の途中で「墓」というものを一度も見たことがないな、ということである。

チベット人に限らず、大抵の外国人は、日本にやってくると、「墓場」を見て必ず「あれはなんですか？」と聞く。

何度もそういうことがあって、初めて気がついたのだが「日本の風景」には、おそろしく「墓場」が多い。特に田舎などでは道路わきなどにひっきりなしに墓場が現れるのを目にする。それらはしばしば単独だったり、四つか五つの墓石がかたまっている程度だったりする。あの石塔が整然と立ち並んでいる風景は、外国人には、やわらかな曲線の連なる野山や海や湖の風景のなかで、ひときわ異質な「くっきり」としすぎる固く冷たい印象を与え、自然の風景から隔絶した「異物的存在」として見えるようだ。

わたしたちはそういう風景に慣れてしまっているから、別に突出した景観には見えないけれど、それは単純な「民族の視線」としての「慣れ」の問題なのだろう、と思う。けれど同時に、この「慣れている風景」はもしかしたら、とてもヘンテコな、この国ならではの「異質な風習、風景」ではないのだろうか、と思うようになった。

日本の墓の起源やその形態は民俗学の本をいくつか読むとよく納得できるものではあるけれど、はたしてそれは死者にとって「どんなこころもち」であるのだろうか、ということも考えてしまった。

墓石の下の納骨室のなかで、壺に入ったいくつもの遺骨が何十年も（いや当然ながらそれ以上）じっと納められているのである。それは日本のしきたりとして当然なこと、と考えるのは楽だろうが、それがずっと（永代）日本中に存在し、さらに着実に増え続けているのである。

友人の鳥葬

偽巡礼

前章で、チベット人が、日本の墓地を見て不思議な反応をした話を書いた。チベット人の反応は考えてみれば当然のことだった。チベットにはめったに墓などない。ぼくはチベットを何度か旅したことがあるからそれは断言できる。

チベットの旅の目的は聖山「カイラス」への巡礼だった。カイラスまで中国・チベット自治区の首都ラサからおよそ千キロある。

ルートの殆どは標高平均四千メートルの極限高地といわれるところであり、高山の縦走の連続みたいなものだが、ひとたび高度順応してしまうと、稜線のようなところも谷も、舗装こそ皆無だがクルマの走れる道があり、実際ぼくなどは所詮は「偽の巡礼者」だから四輪駆動車で目的地までむかっていた。いい運転手にめぐまれ、仲よくなった。ダワという。ぼくより十歳ぐらい若かったが、ドマラというおしゃべりな奥さんに言わせるとダワとぼくは兄弟のようによく似ているそうだ。色が黒いこと、髪の毛が天然パーマでもじゃもじゃなこと、調子っぱずれで歌をうたうところ。なるほどそうかもしれないなあ、と思った。

カイラスへのルートは半分ぐらいは危険な道だった。目もくらむような崖道のつづら折りの道（日光のいろは坂のような）には、ガードレールひとつなく、路肩は簡単に崩れる。ひとたび雨が降れば道路は寸断され、流れる土砂で道はすぐに塞がれる。幸いなことにこの高山地帯の雨量は極端に少なく、むしろ乾いてまきあがる埃のほうがつらいくらいだ。

つづら折りの道は八十度ぐらいに思える絶壁の連続で、はるか下のほうにあおむけになったトラックなどの残骸がけっこう見える。落ちたクルマの破損具合から、よほど奇跡的な幸運の持ち主でないかぎり生き残った人は一人もいないだろう、という見当がつく。

巡礼はいろいろな方法でカイラスをめざす。一番多いのはトラックの荷台に三十人ぐらいが乗っていく「団体」の巡礼だ。チベット各地から村単位でやってくることが多いという。全行程野営するからトラックの回りに生活用品である寝具や鍋釜をぶらさげ、凄まじい満艦飾《まんかんしょく》なのが普通だ。荷台にいる巡礼たちは楽しそうで、みんなで歌っているのをよく見た。彼らにとってカイラス巡礼が一生のうちの最大の「悦び」であり「夢の旅」なのだ。

歩いていく数人連れの巡礼もよくみる。千キロ（もしくはそれ以上）を歩いていくのだ。もっと凄いのは五体投地拝礼でいく巡礼で、まあそのような等級づけというのは一切ないが、感覚的に巡礼旅の方法としては、この五体投地拝礼でシャクトリムシのように、自分の背丈ずつじわじわ千キロ（地方の田舎からくる人はそれ以上）を聖山カイラスにむかって近づいていくのが、その厳しさと見た目の崇高さで、一番感動する苦行であるのは間違いない。

その様子を撮影したテレビドキュメンタリーなどでは、彼らの苦行をことさら深刻な調子で解説したりするのをときおり見るが、実際にその苦しい巡礼をしている人の様子を見たり、話を聞いたりすると、一日の予定距離を終えて休息しているときなど、もっとも優しくやわらかな笑顔でいる巡礼者がこの人たちだった。

なかには二十代半ばぐらいの若い娘が五体投地拝礼で巡礼旅をしているのを目にし

たりする。スターバックスあたりで幼児声をだして楽ちんにつるんでいる日本の娘と同じぐらいの歳で、よくこんな荒行を、としばし息をのんでしまうこともある。

でも、こういう教えがある。

「五体投地拝礼でカイラスにむかっていく苦行の巡礼ほど、そのことによる御利益が大きい」

同時にそのような苦行ができる健康な体力と経済的な能力が備わっている、ということが荒行巡礼の充足感につながってもいるように思えた。

五体投地拝礼は単独ではなかなか難しい。ルートを見てその日の移動距離は大体計算できるから、一人の巡礼に一人か二人のサポートがついていて、その人が夜具や食料などをもって先に行ってテントをはり、夕食の支度などをして待っている。大地を這ってきた巡礼は一日の行程が終わると、そのサポーターらとお茶を飲み楽しく談笑する。

テレビドキュメンタリーはそこまでは映さないことが多いから、何も説明なしに五体投地拝礼のありさまだけ見せられると、とにかく人智、体力を超越した凄絶な巡礼行として驚愕的に感心するしかない。

ぼくは四輪駆動車で行くのだから多少ダートな場所も迂回したりしてどんどん行け

る。満員状態でやってくる団体巡礼の、性能が悪く古いトラックがときどきスタックし、長いこと動けない様子のところを走っていくことがよくあった。なにかたいへん申し訳ないような気持ちだ。でも何事にもタフな巡礼者は、そういうときはみんなで歌をうたい踊って時間をつぶしたりしている。

そういう風景を見ながら崖道に入っていったとき、ぼくの偽巡礼者のおごりと油断を見破られたのか、極端な曲がり角でクルマがいきなり転覆した。最初は何がおきたのかわからないような状態だった。しかし四輪駆動車は完全にサカサになっていた。同乗者はみな屈強だったので誰も怪我人はいなかったが、クルマは車軸が折れてもう使いものにならなくなっていた。そしてもっとも恐ろしかったのは二回転してなんとかとまった場所からあと二メートルぐらいが崖の縁であったことだ。もう一回転したら確実に死んでいただろう。

ぼくは二十一歳の頃の交通事故のことを思いだした。あのときも生死ギリギリの状態だった。

悪運が強い、という都合のいい言葉が頭に浮かんだ。しかし、精神的にはそのあとしばらく呆然として、あまり物事を正確に考えられない状態が続いた。我々は三台のクルマでやってきていたので、破損した車は道のわきにおいて、ぎゅうぎゅうづめの状態でさらにカイラスを目指した。

カイラスは標高六六五〇メートルで、仏教、ヒンドゥー教、ボン教、ジャイナ教の聖山である。だから途中、ネパールから入ってくる道との合流点からはインド人の巡礼がまじってくる。インドのマハラジャレベルの巡礼は、その昔は大勢の配下の者を連れた大集団でやってきて、マハラジャは輿《こし》に乗っていたというから一、二年はかかる巡礼旅だったのだろう。

チベット人の五体投地拝礼の巡礼も、聞いてみると故郷を出てからもうかれこれ二年半ぐらいです、などと平気な顔で答える人がけっこういた。カイラス巡礼は昔も今も「生死」をかけた旅でもあったのだ。偽巡礼も、あの転覆事故でいかにも「偽者」にふさわしい「死」の危機を経てきたわけであるが。

歩いてきたり五体投地拝礼でやってくる巡礼者の中には、旅の途中で路銀《ろぎん》を使いはたし、聖山から帰れなくなって、カイラスの麓の巡礼たちの待機場がいつのまにか村のようになってしまったタルチェンというところで荷物運びや物乞いなどをして余生を過ごす者もいると聞いた。

カイラスの巡礼は聖山そのものに登ることはできずカイラスをめぐる外輪山の尾根の縦走になる。五千メートル前後の尾根や谷道を通常二泊三日で一回りする。カイラスに十数度行き、そのうち十一回カイラスを回っているぼくの妻は、最近では屈強なチベット人と同じようにそこを一晩で回ってしまう。普通は時計まわりだがボン教だけは反時計回りときまっている。そして驚くべきことに五体投地拝礼の巡礼は、この山岳の激しい起伏ルートもそのまま地に体を投げうち、シャクトリムシのようにして進んでいくのだ。下りのときがとくに力を使って苦しい、という。そのほかの人はマハラジャも村からきた集団巡礼も、ぼくのような偽巡礼者も徒歩で行く。

カラフルな風景

あれは途中の山にテントを張って泊まった二日目だったろうか。だいぶ慣れてきているとはいえ五千メートル級の高山の起伏の上り下りを繰り返していくのは結構つらい。呼吸が続かないのだ。休み休み、自分のペースでいく。いくつかの起伏の峠にあたるところから下りのルートを展望したときだった。一瞬ぼくはその斜面のいくらか台地状になったところに外国人の集団が休んでいる、と思った。

それまでもときおり欧州人らしい人を見たからだ。彼らもけっこう根性があるな、と思いながら斜面を下っていくにつれていささかこれは違うようだ、ということに気がついた。そこにいる人々は誰も動いていないのだった。

やがて理由がわかった。そこには外国人はおろか、人そのものが誰もいなかった。遠目から外国人と見えたのは、そのあたりの石などにいろとりどりの服が着せてあったりばらまかれていたからだった。さらにあちこち破れたいろとりどりのタルチョ（祈禱旗《きとう》）が強い風に激しく揺れていたりして、しかも無音なのがかえって凄まじい。

チベットの高山地帯は基本的に単色である。茶色の山、雪渓の白、青もしくは灰色の空。そして雲。ひとつひとつの色の範囲がえらく広い。とりどりの小さな色が散らばっている風景というのは自然のなかではまず見当たらない。

そこは鳥葬場であった。

かなり広いエリアにその着ていた主のいない服などが散乱しているのは風や鳥によって散らばされたからだろう。髪の毛などもあちらこちらに見える。それは鳥葬のおりに鳥たちが髪の毛を食べないので残していったものもあるが、チベットでは家庭で女性が髪の毛を櫛などですくときに抜けたものを保存しておく風習がある。日本でもむかしはそうしていたという話を聞く。巡礼らがそうした髪の束を鳥葬場に奉納してくる、というならわしがあって、そこにはそういう髪の毛も多く含まれ散在しているらしい。

話には聞いていたので探してしまったが、通称「まないた岩」と言われている、遺体を解体する大きな岩も目に入った。死者をその岩の上にのせて天葬師とか鳥葬師などと呼ばれる介添え人が死者を解体する場所だ。誰もいない鳥葬場に風が吹いてくると、死者の微かな叫び声のように聞こえる。

ぼくはそれ以上そこにとどまるのはやめてその斜面を越え、次の谷にむかった。

鳥葬まで

チベットの鳥葬についてはいろいろな本にさまざまなことが書かれているが、その多くは伝聞やまた聞きのようで、したがって書かれている本を読むとその方法も多岐にわたっている。これは広いチベット（チベットというと多くの人は「チベット自治区」のことを指すと思うだろう。しかし本来のチベットは地形図で示される世界で一番高く、世界で一番広いといわれる青蔵高原の全域とその周縁部を含めた地域のことだ。その面積はおよそ日本の七倍である）だから地方によってやりかたやしきたりがいろいろ違っている、ということも関係しているのだろう。ある本には鳥葬場は大小合わせて一〇五七カ所あると書かれていた。

チベットの寺は高台にあって、その裏が鳥葬場になっていることが多い。鳥葬の主役である禿鷹《はげたか》が沢山いる高い石山が背後にあるのは好都合だからだろう。

一九八七年から二〇一二年までのベ二十六年間、毎年一、二度。長い時で半年。短かくても一カ月という日数で通い続け、ほぼ全域を旅している妻（渡辺一枝）は、チベットにかんする本をかなり出している（『チベットを馬で行く』＝文春文庫、『わたしのチベット紀行』＝集英社文庫、『バター茶をどうぞ』＝文英堂など十冊ほど）。

彼女はチベット人の親友の父親と、あの仲のよかったダワが病気で亡くなったときに鳥葬の見届け人の一人として鳥葬の現場に二度立ち合っているので、鳥葬の伝聞を記述したチベット関係のいろんな本よりも、彼女の「見た」話がいちばん具体的ではっきりしていた。

ダワが死んでしまったのはつくづく悲しかった。彼はいいやつで、ぼくと同じクルマにいるときは、ぼくが写真を撮りたい場所を感覚的に察知していて、停めてと頼むよりも前にクルマを停めてくれたりした。そのダワの葬儀にぼくは行けなかったが妻がかけつけた。

鳥葬には遺族は立ち会えない。女も原則的に禁止されているが、とりわけダワと長い旅を続けとても親しくしていた妻は、彼の鳥葬の立ち会いを許されたのだ。鳥葬にいたるまでの今日のチベット式葬儀の一連をぼくは改めて自宅で妻にじっくり取材した。

病死したダワは、まず寺に連れていかれる。ラサに住んでいたから、行くのはチベットで一番大きな大昭寺《ジョカン》だ。寺では僧侶によって「枕経」が施される。何冊か読んだ本にはこのとき（死者の魂がさまよい出ないように）死者の体の上に石がのせられる、と書いてあったが、ダワのときはそういうことはなかったという。そのあとこれも基本は僧侶だが「占星術師」がやってきてチベット暦や占星術や死者の干支などをもとに、そのあとのいろいろな段取りを決め指示を与える。

自宅に戻ったら頭をどの方向にむけて寝かせるか、そのまわりに置くもの（ダワのときは北の川に行って白い石をさがしそれを頭のそばにおいた）、遺体からある方向に糸を延ばして結ぶなど、かなりこまかい「やるべきこと」が指示される。頭の横に鼠の頭を置くように、と言われた場合は、本当の鼠の頭でなくてもよくて粘土などで作って代用してもいい。

それらは遺族、親戚、近所の人などによっておこなわれ、死者への供物や集まった人にふるまう食べ物なども作らなければならないからたいへん忙しく、遺族も悲しんで泣いている暇などないくらい、だという。

鳥葬の日はチベット暦でいう「黒い日」「白い日」などからその人にとって悪くない日が選ばれる。そしてこのときダワの一人息子のタシが、死んだ父親をおぶって寺に運んだという。タシはそのとき中学一年ぐらいの筈だった。そのありさまを思いうかべぼくは涙が出た。とてもいい風景ではないか。

葬列にはみんな線香の束を持っていく。この葬列にも先頭につける人や後のほうを歩く者、葬列についていってはいけない人などが干支やそのほかの基準によって厳密に仕切られる。さらにこの葬列をつくる人は決して振り返ってはいけない。死者に自宅へ帰る道を知らせないためだという。また家から寺までは「結界」と呼ぶ白い線があらかじめ引かれる。

寺からは遺体はトラックに乗せられて鳥葬場に運ばれる。その日はほかに二人の遺体があったという。

鳥葬場はラサから二時間ぐらい離れた寺の裏山だった。その日の鳥葬は三体一緒に行われた。ダワは体に巻かれていた白い布をほどかれ、「まないた岩」の上にうつぶせに寝かされる。その段階ですでに腹をすかせた禿鷹がいっぱい集まってきていて、見届け人はそれらを追い払うのが大変だったらしい。禿鷹だけでなくカラスや犬もやってくる。

うつぶせにされたダワはまず鳥葬師によって背中をまっすぐ切り開かれ、内臓をひっぱりだされる。病気で死んだダワの患っていた内臓が見届け人に見せられる。体をひらいてしまうと禿鷹は興奮し、襲いかかるそれらを払いのけながら体を切り離していく作業は大変な状態になっていて、何羽かの禿鷹によって死者の上半身が持ち上げられてしまったりするという。

「そのとき持ち上げられてしまったダワの顔がわかったのよ」妻は言った。

死者は禿鷹が食べやすいようにさらにこまかく切り刻まれていく。固い大腿骨や頭蓋骨はハンマーで砕かれ、骨はツァンパと呼ばれる、チンコー麦（裸青麦）の粉で作られたチベットの主食にバター茶をまぜたツァンパ団子にくるんだりして食べやすくしてやる。

このときは腹をすかせた禿鷹が多かったので、ものの一時間ほどで三人の遺体はきれいに消えてしまったという。ただし強烈な死臭が残り、鳥葬真っ最中のときはその騒ぎで感じる余裕もなかった「遺体消失」という事実が、死臭という不思議な余韻によって強烈に蘇ってきたらしい。

鳥葬の基本的な理念は、ポア（魂の昇天）の儀式（葬式）のあと、ただの物体として残った人間の体を空腹の鳥などに食べさせてやることによる「ほどこし」の思想である。だから中国人などが言う「天葬」という言葉は間違っている、と妻は言う。言葉がきれいなだけで、実態をとらえていない、と。天葬はたましいが天に昇る、という認識や表現だが、実際には「転生」を望んで行われる儀式ではないか、というのである。

鳥葬が終わると見届け人たちはまっすぐ遺族のもとに帰ってはいけない。茶屋などによって手を洗い、白いもの（ミルクなど）を飲んでいく。その日から七日ごとにいわゆる約束事の法事がある。たとえばそのあいだ素焼きの陶器にヤク（大型の高度順応した牛）の糞を入れて燃やし、ミルクとかチーズなど白いものを四十九日間ずっと燃やし続ける。その煙の臭いが霊魂を慰める役目を果たすといわれている。

ぼくがチベットの死生観でとくに興味を持ったのは、死者の痕跡を一切なくしてしまうというシキタリだった。当人の写真はもちろん故人の書いた文字や持っていたもの、衣類などみんな人にあげたり捨ててしまう。それは徹底していて、集合記念写真などは故人の顔だけハサミで切り抜いて無くしてしまう。そういうわけだからもちろん墓などないし、日本などでは当然である仏壇や位牌や豪華な写真立ての中の故人の笑顔の写真など何もない。死者は、遺体はもちろんその生きてきた痕跡のすべてをこの世から消失させてしまうのだ。

ダワには妻と子供が残された。父親を担いで葬列にいたタシは最初に会った頃、日本のむかし話に出てくるようなワンパク少年だったが、いまは逞しい青年になりかけている。けれどタシにとって優しい父親の顔は記憶のなかにしか存在していない。

ダワの写真はぼくがいっぱい撮って持っているから、必ずしもすべて世の中からその笑顔が消えてしまったわけではないが、ぼくはまだそのことはタシには黙っているつもりだ。

以上がぼくたち夫婦にとってとても近しいチベット人の友人の鳥葬の一部始終だ。

チベットではすべての人が鳥葬に付されるわけではなく、希望によって土葬も火葬もある。けれど高山という岩だらけの地形では土葬ができる土地は限られるからエリアが限定される。さらに火葬はもともと木材の少ない土地だから、流行らなかった、という前提があり、火葬が選べるのは裕福な人に限られるようだ。

長いあいだのしきたりとして、葬儀料金の安い鳥葬はまだ続けられるだろうが、最近はチベットにもスーパーなどがたくさん進出し、いわゆる「ジャンクフード」などがじわじわ一般化してきており、そういったものを食べつづけた人間の遺体を、自然界にないケミカルな味や臭いに敏感な禿鷹などが食べなくなっている、という現象もおきているようだから、そういう思いがけない状況変化で、この「世界でも稀」な、しかしそれなりに深い意味のある葬送方法もしだいに変化を余儀なくされる可能性があるようだ。

わが子の亡骸を捨てに行く

大地にかえす

モンゴルでは風葬が行なわれている。

風葬、と聞くとなにか「ここちよげに聞こえる」ところがある。鳥につつかれて肉体を食ってもらうよりは、風がどこかにはこんでくれるほうがなんだかきれいで優しい響きがあるからだろう。しかしそれは「風葬」という言葉や文字からの都合のいい勝手な連想で、現実には鳥葬より「荒っぽくて惨憺《さんたん》たる」現場が予想できる。

一九九〇年代から、ドキュメンタリーと劇映画を作るためにぼくはおよそ十年ほどモンゴルにかよった時期がある。

目的にかなう撮影地を求めて、クルマ、ウマ、ヘリコプターなどをつかって随分いろんな土地を訪ねたが、墓地は一度も見たことがなかった。あとで、ぼくが訪ねたエリアが土葬や火葬の少ないところばかりだった、ということがわかり、納得した。モンゴルでも限られたエリアでは土葬、火葬を中心とした埋葬をしている。それは主にモンゴルの南東（内モンゴルなど）や新疆《しんきょう》ウイグル自治区に集中している。

ぼくが移動していたのは遊牧民の多い、いわゆる外モンゴル全域だった。そして遊牧民の多くはいまだに風葬が普通だった。

馬で草原を移動していたとき、「風葬」の跡らしいところを幾度か通ったことがある。同行しているモンゴル人が教えてくれたのだ。「ここで二、三年内に風葬があった」などという具合だ。

痕跡は単純で、わかりやすかった。要するにケモノのものではないあきらかに人骨とわかるものがかなりひろい場所に散乱しているからだ。大腿骨などはすぐわかる。最初の頃は馬の骨かと思ったが、よく見れば馬の骨よりも断然小さい。探せばどこかに頭蓋骨などもころがっているのだろうが、敢えて探す気にはならなかった。「頭の部分は大きな獣が遠くに持っていってしまう場合もある」と、そのモンゴルの案内人は言った。

風葬は簡単にいえば「野ざらし」である。遺体を始末するのは草原の狼、野犬、いろんな齧歯《げっし》類などの小動物、タスと呼ばれるコンドルのような獰猛《どうもう》な大鳥、それに太陽と風、そしてバクテリアなどによって遺体はじわじわと確実に大地や空中に戻っていく。

ぼくがその頃作っていた映画『白い馬』には赤羽末吉さんの絵本『スーホの白い馬』の物語の挿話がある。そこには馬の死が描かれていた。モンゴルの遊牧民は馬をとても大切にする。それから劇映画の中で少年が死ぬ場面があるので、そういういくつかの「死」のしきたりについてモンゴルの識者にくわしく聞いた。

モンゴルは日本の約四倍の国土があるから、土地によってやりかたの違いはあるが、弔うことへの意識は大きなところで共通していた。

「大地にかえす」

ということである。

峠などにオボーといういかにもモンゴルらしい、日本でいえば「辻神様」のようなものがあり、モンゴル人にとって大切なものがそこに供えられている。といっても訳もわからずにいきなり出会った外国人にはゴミが小山になっている、としか見えないかもしれないが。遊牧民は大切にしていた物が壊れたり家畜が死ぬと頭蓋骨をそこに奉じたりする。チベット密教にも峠にはオボーに似たラプツェというものがあり、必ずタルチョ（祈禱旗）が何本も張られているがそれとよく似ている。

旅人はオボーやラプツェがあると、決められた呪文を唱えながらそのまわりを三回まわる。呪文のなかにはこれからの自分の旅の安全を祈願する言葉も含まれている。

ぼくが体験したことでいうと、この風習はチベットもモンゴルもまったく一緒だった。

傲慢なる焚き火

風葬について土地の古老にきいたいくつかの昔語りと、モンゴル全域の風物、しきたり、生活観などにもっとも詳しい小長谷有紀《こながやゆき》さん（国立民族学博物館教授）の書かれた幾冊かの著書を参考にその実態を詳しく見ていこう。

風葬は普通「テングリド・オルショーラハ（天へ葬る）」などと呼ばれるので「天葬」というほうがいいかもしれない、と小長谷さんは『モンゴル草原の生活世界』（朝日選書）のその項目の最初に書いている。

またこのほかに土葬、火葬があり、水辺に近いところでは「魚にたべさせる」という遺言にもとづいて「水葬」が行われているから、モンゴルは自然葬の殆どを実践していることになる。ただし火葬はラマ僧、貴族、妊婦、伝染病患者などに対して行われる特殊葬に近い。モンゴルで火葬が一般化しないのは、広域を旅してみるとわかるが、本当にこの国は「草原」そのもので、木がはえているところはごく限られているのが大きな理由ではないかとぼくは思っている。森林限界をすぎているチベットと同じで、遺体を燃やすための燃料条件はかなり厳しいのだ。

話はちょっと本筋から外れるが、ぼくは世界を旅していて、いちばん自分の認識の糧になるな、と思うのは、その国それぞれの自然環境の違いがこうした「異文化」の基礎をなしている、ということに気づくときだ。極端な話、カナダ、アラスカ、ロシアの北極圏に住むネイティブに火葬という習慣はない。木が生えていないところで生活しているのだから、火葬にする燃料はおろか、捕獲したアザラシやクジラ、セイウチなどの肉を焼いて食う燃料すらない。だから彼らは無思慮な先進国の人々から「エスキモー」（生肉を食う人）などとの嘲《あざけ》りをうけながらも、肉を生で食うことによって肉や血のビタミンを破壊せずに全部吸収し、今日までの民族的存続を保ってきたのだ。

同じような意味でモンゴルの人にいまでもあれはずいぶん恥ずかしいことだったな、と思う記憶がある。十年ほど前のある年、旅行会社が「椎名誠と行くモンゴル草原ツアー」というような旅を企画した。

二百人ぐらいの大人がそのツアーに参加したが、ぼくはツアーの人々にずっと同行していなくてもよく、要所要所で合流し、話などをしていればよかった。季節はナーダム（相撲、競馬、弓射の大会）の行われる夏。日中の日差しは四十度を超えていた。大阪のツアー会社だったので参加者は関西の人が多い。大阪のおばちゃんも沢山いた。最終日、大阪のおばちゃんグループが「椎名誠といったら焚き火でしょ。あたしらはモンゴル草原で椎名さんと焚き火をやりにきたんだから焚き火やってください」と旅行会社の人に詰め寄った。

ぼくはその前に、モンゴルについての体験話で「見渡してわかるようにここは草原の国ですから木材など燃やすものが決定的に不足しています。遊牧民は毎日の煮炊きに牛の糞を乾かしたものを使っているほどです」と、ちゃんと言っておいたのに大阪のおばちゃんは誰も真剣に聞いてくれていなかったようなのだ。

かくして「お客様は神サマです」の立場にある旅行会社の人はモンゴル人とトラックでどこかへいって薪になる古材をいっぱい運んできた。大阪のおばちゃんといったら世界最強（?!）だから旅行会社関連の人はそうするしかなかったのだろう。

夕食のあとにそれで盛大な焚き火をおこしたのだが、夏のモンゴルは日の暮れるのが午後十一時ぐらいである。夕食後の八時などというと日本の夏の昼間と同じぐらい暑い。焚き火を作ったのはいいけれど熱いから誰も近寄らない。五十メートルほども離れて円陣になってみんな呆然とそれを見ているだけ、というよくわからない風景となった。

ただ燃えていく火力エネルギーをみんなして輪になって眺めている日本人集団を、モンゴルの人はどう見ていたのだろうか。何か「拝火教」のような宗教的儀式と思ったかもしれない。

そこには「自然環境や文化が違うところに日本人の感覚をそのまま持ち込んでくる傲慢」がはげしく虚しく燃えているんだな、とぼくは思った。その不必要な炎を見ながらぼくは止められなかったおのれの愚をひっそりいましめていた。チベットの鳥葬も、モンゴルの風葬も、それぞれの自然環境の制約が背後にある。

そうしてモンゴルの風葬は鳥にではなく草原をふきわたる風に委ねた、ということになるのだろう。

復活、再生を願って

前述のように、モンゴルでぼくの撮影していた映画本体（挿話ではない）には子供の死の場面がある。そこでモンゴル人の古老に葬送のしきたりを聞いた。老齢の人だったし通訳まじりの会話だからすべてが明確に理解できたかどうかわからなかったが、それはきわめて独特なものだった。

遊牧民社会における「子供の死」に関しては簡単にいうと、「死を死として単純には認めない」という独特の死生観があるのを知った。それは主に乳児の場合に強固である。

乳児が死んだ場合は、どんな地域でもかならず「野に置く」のだという。

小長谷さんの本にそのことの詳しい説明があって明確に認識することができた。

「乳児と胎児の場合は（中略）『ゲーフ（失う）』『ハイフ（捨てる）』『セクスレフ（振り落とす）』『ホツロホ（遅れる）』などと日常的な動詞を用いて、あたかも物を落としたかのように表現することが注目される」

強烈なのは馬に乗った父親が実際に死んだ幼児や胎児を袋にいれてゲルからやや離

れたところに持っていって、その遺体を馬から捨てるのだ。捨てる場所は人がより多く通る可能性のある草原の中の十字路やY字型になった交差点などをとくに選ぶ。父親はそうした場所を見つけると胎児を（捨てるように）そこに置き、落とした子供のまわりを馬で右まわりに回ってからゲルに帰るという。悲しみを超えた慟哭《どうこく》にみちた辛い仕事だろう。

このときこの小さな遺骸の入った袋の口をわざと少しあけておき、道をいく誰かがそれをあけやすいようにすることもあるという。人間が通らないときはカラスやカササギをはじめとする野生の動物や自分のところの飼い犬が食べてしまうのを待つ。幼児の遺体はこのようにして家族以外の者（や動物）が最初に接触しなければ死の儀式は完成しない、と考えられている。

この奇妙なしきたりは、乳児の再生をねがってのものだという（同書）。逆にいえば大人の死と比べるともっとも愛情に溢れた儀式。精神的に数パーセントの可能性（生まれ変わり）を信じるからこそできることだろう。

この風習はモンゴル中にひろまっているから、本当に偶然そのような幼児の遺体の入った袋を見つけた人は袋の口をあけてあげることになっている。

しかしなかなか偶然に通りかかる人もおらずそれに興味をもつ動物もいないときは、

父親がまた出向いていって場所を変える。二カ月たっても遺骸に外からの接触がないときは、父親がわが子の遺骸をうちすえたり印をつけたりしながら、この世に再生することを祈願するという。

こういう一連のしきたりのなかで驚愕したのは、子供を捨てる場所は住居であるゲルからそれほど離れたところではないので、ときとして自分のところの飼い犬（遊牧民は狼よけなどのためにかならず三、四匹の犬を放し飼いにしている）が、その遺棄された乳幼児なりをいくらか食べてしまって、その残りをひきずってきて、翌朝起きるとそれがゲルの入り口の前に置いてある、というようなことが実際によくあるらしいことだ。その様子を朝がた見た親の心理もまた慟哭というしかないだろう。

妊婦が胎児とともに死んだとき、胎児が「鬼」にならないよう、妊婦の腹を裂いて胎児をとりだし母とは別に火葬する、という場合が多いという（もともと妊婦は火葬対象）。

モンゴルの遊牧民と付き合うと彼らの精神力の強さと生命力の強さに圧倒されることがある。それだけのものがないと生きていけない厳しい環境下、ということもよくわかる。

さらに遊牧民はおしなべて「子沢山」である。遊牧という仕事は人手が第一だから沢山産んでどんどん自分の家業の労働力にしていかねばならない、という考えなのだ。娘の平均結婚年齢は十五歳ぐらいであり、うまくいけばその歳から妊娠する。そして毎年妊娠していく。

モンゴルの嫁選びの基準は「いかに健康か」である。こんな話を聞いた。結婚を前提として嫁の候補が息子のゲルを訪ねる。まあ簡単にいうと「見合い」である。ゲルのなかでそれなりのふるまいや会話があって、娘が外に小便《いばり》をしにいく時がある。そのとき息子の母親が同行して草原の中で娘と並んで小便をする。母親はそのとき娘の小便の音を聞いているのだ。力にみちて元気のいい排泄音をたてる娘こそ健康体として評価し、母親はその娘を息子の結婚相手として認めるのだ。

遊牧民と付き合うと、二十代、三十代の嫁の腹がたいてい大きいのに気がつく。そして近代化しつつある今はいくらか変わったらしいが、少し前まで一人で十人ぐらい子供を産むのはザラだったという。十五歳ぐらいで結婚しないと十人の出産に間に合わないのだ。

一軒のゲル家庭で七〜八人兄弟はザラである。取材をするためにひとつのゲルを訪ねると、あとからあとから十人ぐらいの同じような顔をした大人や子供がゲルから出てくるのを見てなんだか笑ってしまうようなこともよくあった。

シャーマンと精霊

実際にモンゴルの葬儀が行われているちょっとした集落に行ったことがある。老齢の人が亡くなったようで、その葬列に出会ったのだ。荷馬車の上の棺桶に入れられていたので、それが風葬の場所にいくのか他の方法の葬送なのか、出会ったばかりでは聞けなかったが、よくあるような鳴り物というものは一切なく参列者は十人もいなかった。全員男だけでどのエリアも女の参加が禁じられている、ということを知った。理由はわからない。また近親者は葬列に加われないキマリになっている。いたって静かな葬列はやがて木の生えていない小山のむこうに消えていったが、反対方向に進む我々はやがて葬儀をだした集落に入った。そこではとくに弔いを出したあとのヘンな気張りはなく、数人がごく普通の会話で死者の出たゲル回りの片付けをしている程度のことだった。モンゴルの葬式は泣いて悲しみをあらわすことはしない。禁じられているわけではないが、泣いたり悲しんだりするのはあまりいいことではないという考えがあるらしい。

モンゴルの葬儀でとくに厳格に決められているのは、先に述べた乳幼児および胎児の死に対するかなり衝撃的な「しきたり」で、これはその後、ぼくが奥アマゾンに行ったときに遭遇した幼児の死に対する特別な感情に近似しているように思った。

アマゾンのインディオもまた大家族が普通で、妻は結婚すると常にはらみっぱなし、という日常生活になっているようだ。大家族になるのは産児制限という思考やそのための手だてがはっきりしていない、ということもあるが、奥アマゾンなどでは部族ごとにいるシャーマンの存在も大きいように思った。

ぼくは、奥地にいるインディオの家族に取材したのだが、インディオはたいがい大きな力を持つ長《おさ》のもとに息子や娘らの家族がより集まって暮らしていることが多く、しばしば三十人とか四十人の大家族にであう。それぞれの若い家庭に家族構成などを聞くと、多産系だから沢山の子供らがいるが、たいてい「今は六人だがむかしは七人いた」というような言い方をした。つまり子供らの一人か二人は乳幼児期に亡くなっているのだ。さらに聞くと、その亡くなりかたが不明瞭で、たとえば「ある朝いなくなった」というような言い方をする。

次第にわかってきたのは「行方不明」という亡くなりかたなのだ。実際にぼくもその環境条件の厳しいところに一緒に暮らしていたからわかるが、雨季にはみんなバルサ材で作った筏《いかだ》の上に小屋をたて、筏の一方の端にワイヤーをつけてアマゾン川の強い流れに逆らって一箇所に止まっている。ヨチヨチ歩きの小さい子供もその筏の上で遊んでいる。それを見ながらぼくは気が気ではなかった。常に濡れている筏は滑りやすい。よちよち歩きの子供を誰かが専門に監視しているならともかく、とくにそういう役割のものもおらず、小さな姉や兄がそのゆるやかな役目を果していたりする。あれで誰も見ていないところで幼児が足をすべらせてアマゾンの激しい流れに落ちたらひとたまりもない。溺死するならまだしもそこらには長さ二メートルもの巨大ナマズのほか、鰐《わに》、アナコンダなどが普通にいる。水に落ちた幼児などかれらにとっては最高の御馳走が流れてきたと思うだろう。

だから家族構成を問われて彼らが「むかしは七人いたがいま六人」というとき、「その一人は?」と聞かれるとたいてい「精霊につれていかれた」という答え方をする。

もっともっと奥地、コロンビア、ベネズエラ国境に近いアマゾン源流域にヤノマミ族の保護地がある。国分拓『ヤノマミ』(新潮文庫)はドキュメンタリーを撮るために百五十日間も彼らに密着した衝撃のルポだ。生活の様々なことが、シャーマンによって方向づけられている原始社会が描かれるが、そのなかにやはり多産系の若い妊婦がお産をするためにジャングルの奥に入っていく場面がある。この部族では一夫一婦制は存在しておらず、妊娠はひっきりなしに繰り返され、母親は一人で産む。ジャングルのなかで無事産み落とした赤ん坊をその若い母親がしばらく眺めている。その赤子を自分が育てていくか、精霊にまかせるか、の厳しい判断を（シャーマンの指示ではなく）一人でするのだ。その母親が自分の産み落とした赤子を精霊にまかせる、ときめた場合は白蟻の巣の中にその赤子を殺してから入れる。

そうして数週間後に母親はその白蟻の巣をまるごと自分で燃やすのである。

砂漠で見た小舟の中のミイラ

強い太陽、強い動物になる

風葬はアジアの各地で行われているようだ。モンゴルの例を具体的に書いたが、「風葬」といっても風が遺体を運ぶわけではなく、簡単にいえば「野ざらし＝曝葬《ばくそう》」に近い。曝葬の曝とは「さらす」という意味だから、もっとも原初的な遺体処理の「しくみ」が見えてくる。

ぼくが実際に見た葬儀ではもうひとつ、ラオス山岳民族のジャングル葬の基本がやはり「曝葬」だった。五十〜六十の少数民族のいるラオスは民族の数だけ葬儀の方法があるといわれているが、山岳民族の葬儀の方法は概ね同じようなものらしい。

人が死ぬとまず遺体をタンカのようなものに安置して布で覆いその家の前の道路に数日置いておく。遺族はそのあいだ家から離れ、知人の家で暮らしている。近所の人が不寝番《ふしんばん》でその遺体の「番」をする。山犬や大きな猛禽類などに荒らされないためだ。この「しきたり」の理由は、死者が家や家族を懐かしがって戻ってくるのを防ぐためだという。一定期間がすぎると死者は山の中に運ばれるが、ぼくはちょうどその葬列を見たのだった。

葬列は男だけで女の姿はなく、二十人ぐらいの少人数だった。山の中に三〜四メートルの櫓《やぐら》が組まれ、死者はその櫓のいちばん上に載せられる。あとは太陽と風と鳥と地面から櫓の木を伝いあがってくる虫などにその処理を任せる。櫓ではなく立木の細い枝を組んで鳥の巣のようなものを作り遺体を安置する地方もあると聞いた。それは樹葬とよばれるもので、アメリカ先住民、オーストラリアのネイティブ、朝鮮半島などでもよく見られたらしい。

櫓葬と少し違うのは、この方法で葬られる者はシャーマンや巫女、神主、霊媒師などの、いわば神に触れる特殊な立場の人が多かったことだ。理由はぼくにはわからない。チベットの一部では子供が樹葬されているのをぼくの妻が見ている。森林地帯のコンボの一部の地域だが、一歳未満児の死体は桶や樽、籠《かご》などに入れて原生林の樹上に葬る。

櫓葬も樹葬も死者は一年もしないうちに骨だけになって地に落ちる。民族によって、その骨を回収するものとそのままにしておくものとに分かれるようだ。

ミャンマーもひととおり旅をした。都会では火葬、田舎では土葬が一般的。この国では埋葬というより「死者は捨てる」という感覚が強いらしいとわかった。死者に冷たいわけではなく、ただの物体となった遺体よりもそこから解放された魂の昇天が大切、というこの国の大多数が信仰する上座部仏教の考えかたによるからで、このへんは遺体を他の生命（禿鷹や犬など）にほどこす、というチベット仏教の鳥葬の思想に近いようだ。

だからチベットと同じようにミャンマーにも「墓」というものはなく、当然「墓参り」や「供養」という概念やしきたりもない。こうした「風葬」は少しずつ形を変えてパプアニューギニアやミクロネシアの島々などにもあるらしい。ぼくはどちらの国々も旅したことがあるが、当時はことさら民族による葬儀の違い、などということに興味はなかったのでその方面の知識は得なかった。旅は常に貪欲でなければならない、と今になると思う。

「風葬」は太陽を生命のもと、と崇める人間たちが考えた方法、と言われている。たしかに風葬を行なっている国は太陽に常にさらされている「陽光の強い国」が多い。死して強い太陽になる、という思考があったのかもしれない。同時にこれは古代の人間の生物観とも関係しているようだ。

人間はある程度の文化と文明を持つまで、動物との関係に優劣をつけなかった。むしろ動物を人間より「上」と考える民族もあったから、強い動物はしばしば神の化身、と考えられ、そういう人間以外の生物の餌食《えじき》になることに抵抗はなかったようだ。死体となってから鳥や獣に食べられることは神の化身に食べられることであり、それによって「神の国」に帰っていける、と考えられていたからである。日本でも古代にはそのような埋葬のしかたがあったようだ。それは言葉の成り立ちにも現れている。たとえば「葬る」は「はふる」「放る」からきたと言われているように――。

仰天葬儀

こんなふうに国によって葬儀の仕組みや考えかたが違っていると、ずいぶん変わった葬儀に突然出会うことがある。

インドネシアのスラウェシ島（旧セレベス島）の山岳民族トラジャ族の考え方はラ

オスの山岳民族とは逆のものになるようだ。トラジャ族には「もがり」の風習がある。「もがり」はかつて日本の天皇・皇族あるいは沖縄の庶民にもあった。

「もがり」とは、人が死んで葬儀にいたるまで、死者の復活を願って家族とその遺体がしばらくの間、一緒に暮らす風習である。布をまいたりお棺におさめたり、遺体を安置する方法はいろいろだ。

トラジャ族では、遺体と一緒に生活するのは一般的には三ヵ月程度と言われている。当然腐臭などもするだろうが、それは覚悟の上らしい。

葬儀となると舟の形をした屋根のついた荷台に棺桶と喪主をのせて大勢の者が担ぐ。そのとき日本の神輿のように大きな掛け声とともにそれを激しく元気よく揺する。これは故人が霊界に神となっていく旅立ちを鼓舞するためだという。柩を担ぐ儀式としては珍しいが、こういう元気のいい葬儀は案外多いようだ。

ぼくが一番驚いたのはカンボジアの葬式だった。街なかの国際ホテルに泊まっていたのだが、ある朝、夜明けになるかならないかという時間に、もの凄い音で強引に目を覚まされた。

カネや太鼓がガンガン鳴らされているのだ。同時に大きなスピーカーを使った歌のような唸りのようなものが聞こえる。楽器とその声は本当にヤケクソのように巨大で凄まじく、例えていえば午前四時頃の黎明前に右翼の街宣車が二〜三台集まって音量をマックスにして我々のまわりを走り回っている、といえば少しはその凄まじさがおわかりいただけるだろうか。

当然宿泊客は怒る。フロントに外国人が集まってきた。「ありゃあいったい何だ！」というイカリの集団だ。

原因はすぐにわかった。

ホテルのすぐ隣の家で葬式が始まったのだ。カンボジアの葬式は死者が亡くなった翌日の早朝に開始され、死者の魂が迷わず昇天するように、できるだけ巨大な音や読経で死者を家から追い出すのだという。

とはいえ、まだ夜明け前である。なんとかしろ、と宿泊客はさらにいきりたつが、ホテルのフロントは「この国のしきたりなので、ホテルが隣家の葬儀に口をだすわけにはいかない」と言うばかりだった。

やがて宿泊客はみんな諦め、その日は全員とてつもない早起き客ばかりになった。

その強烈な葬儀は三日間続くというが、幸いぼくはその日からほかの土地に移動しなければならなかったので、三日間の強制的早起きにつきあわずにすんだ。

通常の葬儀や墓の話とは少しズレるが、葬儀すらされない戦争被害者の話にも触れておこう。カンボジアには強制収容所跡の「トゥールスレン」があるが、その近くにはポル・ポトによって虐殺された気の毒な人々のシャレコウベがぎっしり詰まった塔がある。高さはどのくらいだったか確認しなかったが感覚としては十メートルほどもあったような記憶だ。建物の一部はスケルトンになっていて、ぎっしり詰まったシャレコウベが外からそっくり見えるようになっている。

その近くに映画『キリング・フィールド』の舞台になった虐殺現場の凄惨な荒野がひろがっており、あちこちに大きな穴があいている。その穴の土壁からはいろんな色をした布などが見えている。聞けばそのまわりにもまだ発掘していない死者がいっぱい埋められたままになっていて、いったいどのくらい未発掘の遺体があるかわからない、という。

こうした過去のいまわしい虐殺現場はほかに、ベトナムの「戦争証跡博物館」とポーランドのアウシュビッツの広大な「強制収容所」を見たが、当然普通の墓とは意味がまるで違うから、そのあたりの空気は共通して重く、これだけ年数を経ても沈痛な気配に満ちている。

アウシュビッツには三日通ったが、夜は強い酒に酔うしか寝る方法がなかった。アウシュビッツの近くのビルケナウには、大量に虐殺した死体をブルドーザーで運び、その遺体の山のあちこちにパラフィンを混入させて燃やしたところがある。あまりの遺体の数に土地が沈んでしまい、そこはいま池になっている。直径五十メートルほどの丸い池だが、岸辺に立つと、いまでも水底から小さな白いものが浮き上がってくるのがわかる。人間の骨のカケラだという。そのまわりは森になっていて、近所の人がキノコ狩りなどに来ていたが、いましがた見てきた強制収容所の内部やコンクリート製の洞穴である毒ガス処刑室などの印象が強烈すぎるからなのか、今の時代を生きるこの近隣の人々の平和なキノコ狩りの光景に違和感があり、すぐにはなじむことができなかった。

明るい水葬

鳥葬、風葬、ときたので次は水葬となる。水葬はネパールとインドでその実際を見た。

インドでは巡礼の聖地バラナシでいきなり上流から流れてくる水葬の遺体と直面したので印象は強烈だった。まだ若かったぼくは、誰に頼まれたわけでもないのに多くの巡礼者の感触を体で知ろうとガンジス河にハダカで入っていった。ヒンドゥー教徒のように頭まで河の中に体を浸し、河の水を口に含むという本格的な沐浴はできないので泳いで河のなかほどに行ったのだが、そこでたて続けに水面を浮遊する三体の遺体と出会ってしまった。二体は布にくるまれ、紐でしばられていたが、一体は裸同然だった。

あとでわかったが、これらの遺体はバラナシよりも上流から流されてきたもので、照りつける陽光のために体内で発生する腐敗ガスが体をふくらませ、からだを包んだ布や紐を内側から千切って遺体の裸身をあらわにしてしまうのだ。

そのあとボートで上流に向かったとき、そういう裸の遺体を何体かボートの上から見た。仰向けの遺体はたいてい顔が判別できなかった。インドハゲワシらしい大型の鳥が遺体の目を中心に激しく突ついて食べてしまうからだ。顔がザクロのようにはじけた遺体を見るのは嫌な気分だった。しかしぼくを案内してくれたインド人はそういう遺体の流れていったすぐあとの水を口に含んでうまそうに飲んでいた。

最初に泳いだとき、ぼくは平泳ぎしかしなかったので水を飲むことはなかったが、日本に帰ってガンジス河で泳いだことを話すと医師に怒られた。耐性のない我々にとってガンジス河の水はあらゆる病原菌の濃縮スープのようなものなのだという。

ガンジス河は「河そのものが神」というふうにヒンドゥー教徒は考えているから、

どこを流れる水もみんな聖水である。巡礼者はガンジス河の河畔に並ぶガート（階段状になった沐浴場）にたいてい数十日滞在しているからそのあたりは野営者だらけだ。とくに最大の聖地であるバラナシのガートには千人を下らない大勢の巡礼がいて大変な騒ぎだった。

ガートの背後の巨大な壁には、血で赤く染まった長い舌を口から垂らした、破壊と創造の神であるシバ神や、沢山の手に刀と男の生首を持った女神カーリーや、象顔をしたガネーシャ神などの、日本人からみたらおどろおどろしすぎる大きな壁画が描かれ、音質の悪いでっかいスピーカーから流れるわけのわからない宗教歌がそのまわりをうねるように飛び回っている。その頃のことを書いたぼくの旅エッセイには「千人の狂女の叫び声」と書かれている。

巡礼のほかにそれと同じぐらいの数の乞食が痩せた手で一パイサとか二パイサのアルミ貨をねだっている。独特の宗教印を顔や体にほどこしたサドウ（行者）がそれぞれ思い思いの恰好をしている。そのあいだをアバラを浮き出させた牛がのっそり歩いていたりへたりこんでいたりする。全国からやってきた巡礼の子供らが、運動会のようにひとかたまりになって走り回り、ガンジス河では子供水泳教室などがひらかれている。

バラナシを語る話にはことさらと思えるほど、陰鬱《いんうつ》な表現をしているのをよく見かけるが、実際には集団旅行や何かのフェスティバルのように陽気で明るい気分にみちているけれど、通常の感覚でここにやってくると、最初はあまりの暑さも加わってそれらの濃すぎる過剰な刺激で三十分もしないうちに心身ともにヘトヘトになってしまう。でも何度か通っているうちに神経も視覚も慣れてくる。インドの人々はこういう混沌のなかで生まれ、こういう混沌のなかで死を迎える人生を最大の喜びにしているのだ、ということがわかってくる。巡礼らはここにやってこられたことが嬉しくてならないのだ、というところもカイラスに集まるチベットの巡礼とまったく同じだ。

ガートをとりかこむようにしてシャンティとかムクティ・バワンと呼ばれる殺風景な建物がある。通称「死者の家」と呼ばれているもので、ここに死期を間近にした人々が家族らと「死」を待っている。ヒンドゥー教は「再生」を前提とした宗教であるから、死を待つ人にもその家族にも、暗さやそれに繋がる厳しさのようなものはない。医療的な延命措置などなにもないからここは完璧な精神面だけのホスピス施設なのだ。

ガートの左右では〝無事に〟生をまっとうした死者たちの火葬が早朝から行われている。遺体は男なら白い布、女なら赤っぽい色の布に包まれ、花でかざられ竹で作った梯子状のタンカに乗せられ火葬場に運ばれる。

火葬場は野天と屋内といろいろあるが、ガートの左右にある野外火葬場は一日中死者を焼く炎と煙のたなびきが絶えない。火葬場のランクによってガソリンや石油を火勢のために使うもの、薪だけで燃やすものと分けられていた。遺体は灰になるとガンジス河に流される。そういう火葬の火や煙に挟まれてガートには早朝、対岸からあがってくる太陽に向かって沐浴に余念のない巡礼者の群れが荘厳な気配となってひろがっている。

現地に行ってわかったが、ヒンドゥー教徒がすべて水葬されるのではなく、水葬は妊婦、子供、病死したものなどが多い。つまり生をまっとうできなかった者、ということになるのだろう。土葬はめったにないが伝染病で死んだ人などはただちに土の中に埋められるという。したがってインドでは土葬はもっとも嫌われる。

水葬に付される者は重しになる石などを体にくくりつけられるというから、上流から流れてくる遺体は貧しい者で、いいかげんにそういう重しをつけられ、その重し効果がないうちにここまで流されてきてしまった、ということではないかと思う。少しぐらいの石では沈むこともなく、あるいはすぐに体から石がはずれ、このバラナシまで流れてきたのだろう。

川岸に漂着してしまった半分腐敗したような遺体を犬や鳥などが食べているのもありふれた風景だった。こういう状況だから、火葬にしても水葬にしてもヒンドゥー教はやはり墓を作らない。

ぼくはバラナシに到着するまで、毎日のカレー料理でいささか胃がやられていて、途中から川魚のフライのコロモをはがし、白身にして塩をかけてたべていたが、ガンジス河に近づくにつれて、レストランで出されるそういう魚はだいたい全部ガンジス河から捕っていることになるのだな、ということに気がついてきた。ガンジス河の魚たちも三千年以上にわたって死者を餌にしている確率は非常に高い。自分も輪廻転生の輪のなかに入っているのかもしれない、ということに気がついたとき大変フクザツな気持ちになったものだ。

ムンバイ（旧ボンベイ）付近に住むパールシー（ゾロアスター教徒）は、遺体は最も汚れたもの、という考え方をする。そのため燃やすと火や大気を汚すことになり、土葬にすると大地を汚し、水葬にすると水を汚すから、塔の上に遺体をおいて禿鷹にたべさせる。

同じ鳥葬といってもチベットのそれとは考え方の基本がまったく違うのだ。遠くからだがムンバイで実際にその塔（「沈黙の塔」という）を見た。鳥葬はそのとき行われていなかったようだが、なるほど付近の樹木には大きな鳥がたくさんいて緩慢にとびかっているのが見えた。

インドに行ってから数年後、ネパールのパシュパティナート寺院での葬儀を見た。観光客がたくさんいるなかで、遺体は梯子状のタンカにくくりつけられ小さなガートに斜めにおかれ、足を寺院のなかを流れるバクマティ川につけていた。一連の儀式の最後の段階のようで、そのあと近くにある木材の山の上に置かれて火葬された。ここではガソリンや石油などを使わないので焼却の時間は最短でも六時間は必要と言っていた。焼いた遺体はバクマティ川に流されるが、全部が灰になるまで燃やすのは無理で、どうやら相当にラフな状態で川に流される、と同行したネパール人が教えてくれた。流れの速いその川はガンジス河につながっているらしい。

砂漠の小舟柩

水葬の一種に舟葬がある。ポリネシア、ボルネオ、フィリピンなどでは小さな柩用の舟を作り、海流を考えて状態のいい時間に遺体を海に流したという。すさまじいのは北欧のバイキングの古代の権力者の葬式で、本物の小舟に遺体と副葬品、それに生きている女奴隷を乗せて火をはなち海に流したという。これなどは夫が先に死ぬと妻が生きたまま夫と一緒に焼かれる、というインドの「サティ」と似て残酷きわまりない。インドのサティは、結婚した妻が嫁入り時に持ってきたなにがしかの財産を死んだ夫の遺族が強奪するためだったという。今は政府によって禁止されているが田舎に行くとまだ行われている、という噂もある。

遺体を舟に乗せる水葬は海に囲まれた島では概ね行われていた、と推測されている。日本では古墳などから舟型の柩が見つかっており、死ななくても死期が迫った老人を海に流す習慣が熊野などいくつかの地方にあったようだ。「うば捨て海」である。舟型の柩は砂漠でも見つかっている。水のない砂漠で舟の柩とは不思議だが、あの世への旅に託す乗り物は舟がいちばん安全で確実、という精神的なものが古代の死生観にあったのかもしれない。

一九八八年に「日中共同楼蘭《ろうらん》探検隊」の一員としてタクラマカン砂漠の奥地にある、二千年前に滅びたとされるアーリア系の人々の砂の王国「楼蘭」に行ったが、ぼくの大きな興味はスウェン・ヘディンが探検したロプ・ノールにあった。ヘディンの著書にある「さまよえる湖」である。我々が行ったときは砂漠にかつて存在した巨大なその湖はまったく干上がって水たまりもなかったが、古代には水がたくさんたたえられていたであろう痕跡がいたるところにあった。乾燥した葦や地平線の彼方にまでちらばっている沢山のかなり大きな巻き貝などである。

ここではヘディンによって二千年前の楼蘭王国の貴族と見られる美しい容貌とわかる高貴な女性のミイラが発掘された。そのミイラは見事な小舟の柩に収められていた。

我々は日本の大谷探検隊以来七十五年ぶりに楼蘭に入った外国隊だった（その数年前にNHKのテレビドキュメンタリー『シルクロード』でこの砂漠の美しいミイラを紹介したが、このフィルムは中国隊が撮影したものである）。

夜は満天の星の下で寝た。星のほうが夜の闇よりも面積が多く、星々の隙間にかろうじて夜の闇がある、という感じだった。テントに寝ころがってそういう星空をみていると「星の海」という言葉が頭に浮かんだ。

楼蘭を象徴する巨大な土づくりのストゥーパ（日本にはこのストゥーパが卒塔婆《そとば》という言葉になって入ってきた）のまわりには盗掘された墓跡がいっぱいあった。二千年のあいだに命をかけたたくさんの墓あばきがやってきて墓を掘りおこし副葬品を盗んだのだ。この楼蘭故城にいる三日間で何体かの下級らしい人の半分発掘されて放置されたような遺体を見た。半ミイラ化したものと白骨化したものとがあった。その古い遺体がやはり粗末ながらみんな小舟に収められていた。

小舟に遺体が収められたのは砂漠の死生観という思想上のものなのか、琵琶湖の二十倍といわれた当時のロプ・ノールに実際に水葬されたものなのか、いまではもうわからない。けれど直感的に言ってあらゆる葬送の方法のなかで、砂漠の中の大湖に星への使いのように死者を小舟でおくる風景というのはなかなか素晴らしいように思えた。

アメリカ人が日本で死ぬと

笑いあい泣きあう別れの葬送

ぼくの娘がニューヨークにかれこれ十八年ほど住んでいるので、現在のアメリカの葬儀と墓についてくわしく調べるように頼んだ。

以下はその報告である。

葬儀の参列者の服装は、日本だと白、黒、灰色などひたすら地味な喪服ということになるが、アメリカの場合はそういった「世間の常識」というようなものはなく、まったくそれぞれの好みの服装でいいらしい。献花も白い菊がいっぱいなどということはなく、賑やかなほうがいいというので誕生パーティのような赤だの黄色だの色とりどりの花が飾られる。

葬儀では柩を囲んでそれぞれが故人の思い出を語り合い、一緒に笑いあったり泣いたりする。ずっと深刻ヅラしている必要はないのである。笑いのエピソードがあって、一転して悲しみのエピソードになる。すると、本物の悲しみがこみあげてくるというから、そのあたりが本音の強みなのだろう。

日本のように前の日に苦労して書いてきた弔辞を必死に読む、というガチガチの儀式めいたお仕着せの空気とはずいぶん違うようだ。葬儀はだいたい三十分ぐらいで終わり、埋葬まで立ち会う人、そのまま帰る人、様々だという。

アメリカの埋葬手順で日本と大きく違うのは、遺体にほどこすエンバーミング(Embalming＝死体防腐処理)の技術がすすんでいることで、それができるのはライセンスをもっている人に限られる。病院以外で遺体に触るのを許されるのはこのライセンスを持った業者だけである。エンバーミングをほどこされた遺体は自宅に戻ることはできない。

あまり知られていないがこのエンバーミングは日本の技術が高く評価されている。それを語る前に、そもそもなぜエンバーミングが行われるようになったかということを知る必要がある。もともとはアメリカからはじまったもので戦争と大きな関係があるのだ。

石井光太『ニッポン異国紀行』（ＮＨＫ出版新書）にその経緯がくわしく書いてある。エンバーミングのはじまりはアメリカの南北戦争だったようだ。この国内戦争では六十万人以上の戦死者をだした。

遺体をその場に埋めることはできないから、それぞれの故郷まで送り返す必要があった。そのとき行われたのが遺体にたいする腐敗防止処置だった。その百年後、アメリカが仕掛けたベトナム、イラクとの戦争で、多数の兵士を外国に送り、多数の戦死者を故国に戻した。

そうした際に遺体の腐敗を防ぐのと同時に、遺体の損傷をできるだけ（見た目だけでも）修復するために、さらにその技術が発達していったのだ。同書によるとアメリカからエンバーミング技術が日本に持ち込まれたのは一九七四年のことだという。その経緯は同書にくわしいが、この本を読むまで気がつかなかったのは、日本政府は「日本で死んだ外国人をどうしていたか」という事項である。

アメリカの埋葬の基本は土葬である。その一番大きな理由はキリストが再降臨して次の王国がはじまるときには「体」が必要だから火葬して骨だけにしてしまうわけにはいかない、ということである。カトリックとプロテスタントでは教会も墓地も違ってくる。そこには仏教徒やイスラム教徒の入り込む余地はまったくない、というのもいかにもアメリカだ。

映画などで土葬のシーンをよく見る。親しい人がまわりに集まってみんながひとつかみずつ土を投げ入れる。神父や牧師がデュトロノミー(申命記、旧約聖書の一書)の一節を唱える。だいたいこのスタイルが基本のようである。

だからたとえばアメリカ人が日本で死んだ場合、土葬の国、アメリカに遺体のまま返さなくてはならない。火葬が許されている国であっても、骨だけ返しては本当に本人かどうかわからない、という問題がおきる。そこで暑い国へも遠い国へも故国に遺体を送り返す、という義務が生じた。

日本で死亡する外国人は年間で六千人以上にのぼり、一日に二十体近い遺体が海外に搬送されているらしい。冷凍コンテナとこのエンバーミングは、もうすでに日常的なものになっているのだ。

エンバーミングについてある種の都市伝説のようなものだと思うが、こういう話を聞いた。

あまりにも防腐剤系の薬品を体内および体外に施すので土葬された遺体に地中のバクテリアなどが寄り付かず、遺体は結局地中で風化保存されていくようになり、つまりはミイラ化する。ケミカルミイラとでもいえばいいだろうか。これを最初に見たのが副葬品狙いの墓荒らしで、あまりの不気味さに腰をぬかして動けなくなったところを発見された、という。

ニューヨークの墓事情

マンハッタン島は東京の山手線の内側ぐらいの面積だが、そのニューヨークの中心地を歩いていて墓を見たことがなかった。アメリカの墓は大きくわけて、公有地の墓地と、教会の持っている墓地のふたとおりあるが、マンハッタンにはとてつもなく古い小さな規模の墓地がある程度だ。

教会所有の墓地も公有地の墓地も郊外の美しく広大な面積を占める公園墓地になっているようだ。以前は教会で葬儀を行い、教会墓地に埋葬されるケースが多かったが、最近は葬祭業者による葬儀が増え、教会での葬儀は五パーセント程度になっているという。

葬祭業者のやる葬儀は公園墓地のなかにあるフューネラル・ホール（日本でいう斎場。しかしスケールがケタ違いに大きく立派で、チャペルや告別ホールなどが美しい公園のなかに設備されている)。

墓は日当たりのよい広大な森林公園のなかにつくられ、兵士は優先的にいい場所に墓が与えられる。一般的に墓標は十字架が基本だが、なにも置かない例も多い。自殺者の墓には石を置く。人種や文化的な背景によっていろいろなスタイルがあり、最近の流行では写真をつけたり、イタリア系は派手な装飾をつけたりするそうだ。

葬祭場で聖職者から渡される「追悼」のカードが参考として娘から送られてきた。

追悼

ナンシー・M・フォーティ
1933年7月12日生
2011年12月19日逝去

「主の祈り」
天にまします我らの父よ
願わくは
み名をあがめさせたまえ

み国を来たらせたまえ
み心の天に成る如く地にもなさせたまえ
我らの日用の糧を今日も与えたまえ
我らに罪を犯す者を我らが赦す如く我らの罪をも赦したまえ
我らを試みに遭わせず悪より救い出したまえ
国と力と栄えとは限りなく汝のものなればなり
　アーメン
クリストファー・T・ジョーダン葬祭場
ニューヨーク州アイランドパーク

アメリカの葬儀事情に関して、ほお、と思ったのはアメリカでも水葬が行われている、という報告だった。以下はアメリカに住むある知人の体験した「アメリカ式水葬」。

釣り好きだった夫が亡くなり、妻は夫の意を汲み海葬することにした。因みに数年前までアメリカでは水葬は禁じられていた。

「一月二十九日、夫の遺灰を撒く式をしました。船が二マイルまで沖に出てさっと灰を撒いておしまい、というイメージだったのですが違いました。ロングアイランド・サウスショアのフリーポート（釣り人なら誰でも聞いたことのある筈の港）から大西洋に出て一時間。ロングビーチの海岸が見える地点に到着。ボートは五十人乗りといっていたけれどキャビンに二十人も入ればきつい、という感じでした。夫が釣りまくっていた場所がだいたいわかりました。海鳥が沢山いる場所が魚の沢山いるところという話なのでそこに船をとめました。デッキで葬送の式があり、船長が『主の祈り』をアレンジしたような内容の文章を読み上げ、次に『海にかえれ』というような詩を読み上げました。それから灰をいれた壺をバケツにいれて海に下ろすと蓋がプカプカ波に浮かびはじめました。用意してあった花を海に投げると壺のまわりに花々が漂って、なかなかいい風景でした」

イスラム教の場合

娘は米国在住のイスラム教徒の祭礼の事例についても調べてくれた。ニューヨークに住むパキスタン人を夫にもち、自身もイスラム教に改宗した日本人女性に聞いた話だという。

まずイスラム教徒には日本でいう仏壇や神棚にあたるものはない。イスラム教徒の埋葬は土葬。火葬は禁止されている。キリスト教徒のように薬品をつかってのエンバーミングもない。遺体はできるだけ早く洗い清められる。これは故人と同性の家族、親族がおこない、できるだけ早く埋葬する。洗い清めた遺体には白い布を着せるが、殉死、戦死の場合は洗浄は行わず故人が死ぬときに着ていた服のまま土葬する。

イスラム教の土台はキリスト教やユダヤ教と同じなので、輪廻転生の考えはない。審判の日がやってきて、善い行い、悪い行いが裁かれる。悪人は地獄に送られるけれど、悔い改めれば、そしてアッラーの神が許してくれれば地獄に落ちなくてすむ。

葬儀はモスクのなかで行われる。葬礼の出席者は黒、灰色、茶色などの地味な色の服装が基本で、イマーム（僧侶や神父にあたる）が葬儀の進行の中心になる。モスクのなかでは男女の座る場所が明確に区分される。遺体を墓場に運ぶときは男性だけ。コーランが女性の墓場行きを禁止しているのではなく、墓場で泣くことを禁じているからという。

いかにもイギリス的な賢い葬儀

続いてイギリスに住む友人に目下の一般的な葬儀のあらましを聞いた。アメリカとも日本とも基本的に違うのは、人の死と、それをおくる葬儀は完全にプライベートなことであり、極端にいえば本当にその人の死を悲しみ、心からの哀悼とともに死者を天におくる人しか葬儀には参列しないという考えが徹底していることである。

だからその人の死は親しかった人などには連絡されるが、日本のように香典を持って急いで通夜と告別式にかけつける、というような大騒動にはならない。親族を中心に本当に親しかった人だけが少数集まり、日本でいう通夜および告別式が行われる。親族や親友以外の人は葬儀には出ず花を贈って哀悼の意を伝える程度だ。

日本でよくあるように生前付き合いのあった人はもちろん、その人の関係した、あるいは取引していた会社の社員なども駆けつけ、沢山の花輪を葬祭場にかかげ、そのスケールが大きければ大きいほど、参列者が多ければ多いほど「よい葬儀、すばらしい葬儀」と評価されることもない。

このイギリス式葬儀などを知ると、日本のそうした大騒動の葬儀が大変幼稚なものに思えてくる。

イギリス人は自然を大切にし、ガーデニングなどがもっとも盛んなところだから、ひっそりした葬儀（アメリカのざっくばらんとは少しちがって小人数ながらもう少ししめやからしい）が終わると埋葬になるが、七割が火葬、三割が土葬という。希望があれば柩をのせた黒い馬車を黒い馬が牽《ひ》くという。火葬の場合は骨まで焼いて全部を遺灰にする。

土葬も火葬も自然に帰す、という思想のもと、土葬の柩はダンボールなど大地に同化しやすいものにし、土葬した場所になにかの樹木を植える。墓参りはそれ以降成長していくその樹木を愛でる、ということになる。遺灰もやたらに撒いてはいけない、などという法律はないので、公園の草や樹の根元に「こやし」のように撒く人が多いらしい。そのあたりの花がやがて大きく見事に咲けば遺族は満足する。

フランスの葬儀は「福祉の一環」と考えられていて、社会全体でケアするもの、という思考が明確だ。そのため式場はもちろんそのなかの飾り物、納棺の費用など一定のもので統一されていて、葬祭業者が我さきにかけつけて営業する、というあざとい風景にはならない。同時にそれは日本の葬儀費用にくらべると圧倒的に廉価ですむ、ということでもある。

墓はアメリカなどの例とちがってわりあい繁華街にあって、どこも都市公園のように明るくきれいに管理されている。都心部にあるので墓のスペースは平等に一メートル×二メートルの区画にきめられており、金持ちも有名人も庶民もみんなほぼ同じ。墓地を丹念に歩けばモジリアニやショパンやエディット・ピアフなどの墓もみつかるというわけで、実際にそんな有名人さがしついでに散歩する人の姿も多いという。埋葬されている死者にも明るく賑やかで楽しく、という考えかたらしい。

しかしその反面、地上のこういう墓地の華やかさとまるで逆をいくようなパリのカタコンベ（地下の墓所）の存在もいかにもフランスらしい。

カタコンベはパリの大昔の都市づくりに大きく関係している。パリの地盤は石灰岩である。地上の建築物を作るために地下からこの石灰岩を大量に掘り出して殆どの建造物を作り、それは十九世紀まで続いた。当然採掘したあとは空洞になる。『ナショナルジオグラフィック日本版』（2011年2月号）に「ようこそ、パリの地下世界へ」という特集があり、時代の経過とともに石灰岩が採掘されて、いかに地下坑道が複雑にはりめぐらされ、いたるところ空洞だらけになっているか、ということを分かりやすく解説している。

地下にできた巨大な空洞や坑道は、第二次世界大戦のときはレジスタンスの隠れ処になったり、パリを占領したドイツ軍の掩蔽壕《えんぺいごう》になったりしたが、十八〜十九世紀には地上の墓から溢れた死者の骨がこの採石場跡に投げ込まれた。この夥《おびただ》しい人骨は今は地下空洞で整理され整然と並べられて、パリのアングラ観光名所のひとつになっている。

でも人はこれからも延々と大量に死んでいく。そこで現在の非常に明るく華やかなパリ都市部の公園墓地もそれぞれ使用期限があり「六年から永代まで」五コースに契約が分かれている。これはフランスより小さな国、日本が学ぶ必要のあるシステムのひとつではないかと思う。永代供養の日本はこれからさき延々とあの決して大地と融合しない御影石の墓石ばかりが増え続けていくわけなのだから。

死後は子宮に戻る

儒教の理念による葬儀

葬儀は主に、それぞれの宗教の理念にもとづいたその国の習俗であるということが、各国の事例でいくらか見えてきたことと思うが、もう少し近隣の例を見ていこう。韓国ではキリスト教や仏教など、さまざまな宗教が信仰されているが、葬儀はそれらの宗教的しきたりとは関係なく、この国の人々の生活の規範となっている「儒教」が大きくかかわっている。

儒教は宗教ではなく「生き方の基本」の指標となるもので、「長幼の序」などがよく知られている。実際に韓国に行くと、いたるところで年長者に対するマナーのよさを目のあたりにする。バスに年長者が乗ってくると若い者は即座に席をゆずるし、食堂などで大勢が食事をするときなど、最年長者が料理に箸をつけるまで誰も箸をとらない。

若い人が年長者の前で酒を飲むときも、横をむいて（丁寧な人はその杯やコップを手で隠しながら）口にするという抑制された態度や姿勢を自然にとるし、言葉づかいなどこまかいところまで気をつかっている。

韓国を旅していると、いたるところでそのような光景に出会う。それは、老人や体の不自由な人のための電車の優先席などで若者が足をひろげてふんぞりかえって座っている日本の風景とあまりにもかけ離れているので、そんな日本を思いだすたびに、苛立ちや落胆を感じたりする。

そうした儒教の教えのなかでとりしきられる韓国の葬儀は、宗教の戒律とは別の習俗でつらぬかれる。そのもっとも大きなものは、たとえば両親の死に対する考え方だろう。

子供らは両親に行うべき世話や誠意が足りなかったので先に逝かせてしまった、という罪を恥じ、葬儀の服装などはもっとも粗末な生成りの麻の韓国服などを着け頭巾をかぶる例が多い。

また、人が死ぬと「あの世」からの使いがきて、その人の魂を持っていってくれる、というふうに考えられているので、家族の誰かが死ぬと、まず遺族が大声で泣いて、その死を「あの世」に知らせる。同時に遺族の一人が故人の上衣を持って屋根にのぼり、北にむかってそれを振って故人の名を叫び場所を知らせた、というがいまはそこまでやることはなくなったようだ。

庭には「使者床」といわれる、あの世からの使者のための食事を用意し、草履なども揃えておく。葬儀では故人の思い出話や遺族を慰める歌などが披露され、死後二十四時間経過したのちに多くは遺体に寿衣《じゅい》（経帷子《きょうかたびら》）を着せて漆塗りの立派な木棺に納める。

「かつては儒教の影響で、山や丘の斜面に設けられた一家の土饅頭《どまんじゅう》型の墓に土葬されていたが、最近では火葬する率が高くなっているようだ。死者の魂は遺体とは分離して喪家に留まっている。喪礼後三日間盧祭がおこなわれ、一年目の小祥、二年目の大祥の後に喪家を離れると信じられている」

（松濤弘道『最新 世界の葬祭事典』雄山閣出版。原文の要約）

よその国の葬儀と少し変わっているのは、埋葬のときに故人の官名や姓名などを書いた、「あの世」で使う戸籍謄本《とうほん》のようなものを添えることである。

韓国では、死者の魂は生きていた頃とまったく同じ人格と姿をしている、と考えられているからで、それ故、遺族にとっては死者への供養がもっとも重要な使命となる。このあたりも儒教の精神が深くかかわっているようである。

亀甲墓

沖縄を旅すると、初めて見る人の誰もが「あれは何？」と聞くのが沖縄の墓である。家のように大きな、ゆるやかに丸くなった屋根が特徴的な「亀甲墓《かめこうばか》」と呼ばれるもので、十五世紀頃に中国から伝わったものという。亀甲墓は女性の子宮の形を模したもので、人は死したのちふたたび生まれる前の安住の場所に戻っていく、という説明を聞いたことがある。かつて死者はこの亀甲墓に安置された。遺体が白骨化すると、埋葬された後、それを海で洗う「洗骨」という儀式があり、それ故、埋葬と洗骨の二回、葬儀が行われ、「二回葬」とよばれた。いまは火葬が一般的になったので、二回葬はなくなった。

日本で沖縄の墓だけがこのような巨大墓の形式になったのはいくつかの理由がある。ひとつは沖縄には檀家制度がないことで、寺と墓は別、ということになる。もうひとつは一族（門中《もんちゅう》という）意識が非常に強いので、墓は同族単位で管理され、祀られ墓参される。

亀甲墓の前にはどこも「前庭」とでも形容したいような広いスペースがあり、ここは門中勢ぞろいしての墓参の際の集合場所になる。島の人は「十六日《じゅうるくにち》」というが、旧暦の正月十六日は「死者の正月」で、その日に一族が墓前にあつまる。それとは別に「清明《しーみー》」という「十六日」と同じような門中揃っての墓参がある。一度、ある一族のその清明の現場に招かれたことがあるが、なかなか感動的でここちのいい風景だった。一族がそれぞれ家ごとに「御馳走」を持ち寄ってきて、それを広げる。酒（泡盛）が用意され先祖とともに宴を楽しむのだ。

見ていると、一族の長《おさ》とおぼしき人が祖先に一族の墓参の挨拶をし、同時に集まった一族に対しても長が挨拶の弁を述べる。それからある分家の代表が「うちの長男のだれそれは今年高校を卒業し、次女は昨年陸上競技大会でかような成績をあげました」などと近況を祖先と一族のみなに伝えると、その後つぎつぎに各分家が同様の報告を行う。なかには今年小学一年生になりました、とその本人がカン高い声で挨拶したり、婚約した娘があたらしくその一族の一員に加わることになる青年をみなに紹介したりする。

酒宴はいつしか三線《さんしん》（蛇皮線）にあわせた歌になり、沖縄ならではのカチャーシー踊りなども出て陽気なものとなり、ほぼ一日その宴が続いたりする。大和（内地）の墓参りしか知らなかったぼくは、この沖縄式の、一族でおこなう墓参に感服した。

なお沖縄にはいたるところに御願所《うがんじゅ》があり、東方の遠い海の彼方にあるとされる「理想郷＝あの世」に祈りを捧げる人の姿がある。沖縄における「あの世」はニライカナイと呼ばれており、先祖の魂はそこにいると信じられている。

葬祭の原点

上山龍一さんという民俗・宗教学者の書かれた『葬送の原点』（大洋出版社）という本を五年ほど前にたまたま大阪の古書店で手にいれ、ページのいたるところに感銘した。造本から見てそれほど大部数が刷られたものとは思えないのが残念である。この本を購入したときは自分がいつか「死について」の本を執筆するとは思いもよらず、ただ単純に古代の葬儀のありかたに個人的な興味を持って手にしたのだった。

ぼくにとってはいささか難しい記述が多いので、理解できたところ、興味深いところだけかいつまんで紹介したい。

まず、人が死んで埋葬される儀式はいつ頃から始まったか、という推論である。人類の最初の出現は、いまからおよそ四百万年前、アフリカの中央部にあるオルドヴァイ渓谷であったという説が一般的である。アウストラロピテクスだ。やがて氷河期をへてクロマニヨン人が出現し、世界各地に散っていった。我々の祖先である。おそらくそれまではヒトが死んでも、動物のようにそこらに「打ち捨てておく」程度のものだったが、新石器時代になり、人口が増えて村が形成されると、死者を埋葬するようになったとみられる。

確認されているのはエジプトで、紀元前五〇〇〇年頃という。エジプトの各地で多数の墳墓が発見されており、それらの多くは屈葬（膝を折ってしゃがんだ姿）だった。その姿勢の理由は、死体に悪霊がとりついて、墓場から出て暴れるのを防ぐため、とか、死体を胎児の姿勢にして再生を願うため、とか、墓穴を掘るスペースが小さくてすむから、などの諸説がある。

死体をミイラにするのはさらに後年で、王朝の人間だけでなく一般庶民もミイラ葬がさかんになった。ミイラ葬は死者再生祈願とされているが、必ずしもそうではない、という説もあり、このあたりはエジプト考古学者が沢山の本にいろんな角度から学説として説いている筈である。

ただしエジプト人にも輪廻転生の考えが強くあったということが、『死者の書』をはじめとしたいくつかの古代エジプトの書に書いてある。そしてそれは必ずしも「人間」としての再生を祈願するだけではなく、鷹や隼、ライオンや蛇に生まれかわることを祈る呪文もあったという。

来世にハエやウジムシに生まれ変わりたくないから一生をかけて必死に真面目に生き、篤い信心のもとに祈願する、というのはわりあい近年のものであるらしい。

それというのも古代エジプトの死生観や生活観は、動物と人間のあいだの優劣の意識があまりなかったからだ。簡単な話、人間は自由に空を飛び回ることはできないし、あらゆる動物に打ち勝つライオンのような強さもなかった。そして蛇はまた、この時代には独特の神聖な地位にあった。それは神に近いものであり、死後再生祈願の呪文のなかには「神」そのものに生まれ変わりたい、とするいささか図々しいものもあったらしい。

さらに人と動物の混合した新生命を与えられることを願った者もいた。頭が人間で体が鳥である生物。足のある蛇、などが人気であったという。ピラミッドを守るスフインクスなどがその象徴的なものだろう。

崇高なるコブラ

ミイラ葬とは反対に、先史時代の古代エジプトでは死体をバラバラにして別々に埋葬する、ということも行われていたらしい。これもやはり死者の復活再生を願うものであり、人間の体をバラバラにして別の場所に埋めるのは穀物の種を蒔くように、そこからそれぞれの再生を祈願した、というのである。

ところでこの『葬送の原点』という本はまことに刺激的で、これとよく似たような埋葬方法が古代日本でも行われていた、という記述がある。

たとえば『日本書紀』だ。『日本書紀』のその部分を読んでいないので孫引きしかできないが、保食神《うけもちのかみ》の死体をバラバラにして埋めたら頭から牛馬、額の上に粟、眉の上に蚕、目の中から稗《ひえ》、腹の中から稲、陰部から麦、大豆、小豆が生じた——という記述があるそうだ。

殺された女神の各部からさまざまな神や植物が生じる、という神話はギリシャやインドネシアなど世界各地で語られてきたという。

さきに「足のある蛇」の話を書いたが、古代エジプトでこれは「サタ」とよばれ、毎日死んで毎日生き返る不老不死の蛇神だった。出産を守る神は蛙であり、オタマジャクシからの変態、冬眠が再生願望に結びついているらしい。

しかしもっとも尊い動物神はコブラで、これはツタンカーメンの仮面の額にコブラの鎌首があるように崇高な動物神だ。

インドでは蛇神はナーガとよばれ、やはりコブラが究極。ヒンドゥー教ではシバ神の首にまきついて主の神を守っているし、王宮や寺院の壁にも必ず描かれている。仏教でもコブラは「ナーガ」で、仏陀を守る頼りがいのある生き物の象徴だ。中国では蛇はもっと巨大化し「龍」となる。

蛇は死者を守る象徴としても世界に共通している。獰猛《どうもう》なエネルギーと、墓を荒らそうとする者を一撃のもとに倒す「ちから」が崇められ、神と同等に扱われていたのかもしれない。

ゾロアスター教と日本

ゾロアスター教は日本人にはあまり馴染みのない宗教である。しかし調べていくと紀元前五〇〇〇〜四〇〇〇年頃に、インドからイラン、南ロシアあたりの主に遊牧民の間にひろまった宗教で、宗教のなりたちとしてはもっとも古いものであるらしい。一番最初はインド・イラン語族と言われた人々からひろまったが、紀元前三〇〇〇年頃にインド系とイラン系に分れたという。

かれらの葬儀は非常に厳格なしきたりにしたがっており、人が死ぬと魂は三日間、遺体の頭上付近に留まっている。そのあいだ悪魔が取りつかないようにしながら、あの世にいくだけの力を遺体に与えてやる。

それは第一に僧侶にマントラを唱えてもらい、家族は三日間喪に服して食を断ち、火をたき、動物の血を供物にする。

三日目の夜は翌朝死者が旅立つときだから、死者に穀物と肉とハオマ酒というものを供する。魂はそれらによってあの世にむかう途中にある暗い河をわたる力をつけられる。ゾロアスター教という、日本に馴染みのない宗教でも、日本で語られる三途の川のようなものがある、というところが興味深い。

魂の旅立った遺体はただの脱け殻だから荒野の岩の上などに置いてチベットのような鳥葬にする。チベットの鳥葬の考え方との大きな相違は、チベットは魂の抜けたなきがらを空腹の禿鷹などに「ほどこす」というものだが、ゾロアスター教は前にも述べたように遺体はもっとも穢《けが》れたもの、という考え方から遺棄している点だ。さらに興味深いのは、生前に良い行いをしてきた善人は犯罪者などの悪人より穢れの度合いが強い、と考えられていることである。

ちょっと理解に時間がかかるが、要はこういうことだ。

善人は生前、悪魔の侵入をこばんでいたから非常に強い人間であり、その善人が死んだのは、より強力な悪魔が侵入したからだ。善人である人間を滅ぼした悪魔は屍にまだそっくり残っているから、普通の人は遺体に触れることすらできない。僧侶や十分御祓いをうけた特別な人たちによって鳥葬の場に運ばれる。

本章のいたるところで参考にさせてもらっている『葬送の原点』のある章に、ゾロアスター教の戒律と日本の習俗には非常に多くの類似点がある、と記されており目を見張った。そのひとつは子供の成長における節目節目の儀式とその意味が非常に似ている、ということだが、本章とはあまり関係ないのでそれはとばす。しかし血についての不浄観は、驚くほど近似している。たとえば女性は生理になると、母屋から隔絶されたところに追いやられる、ということを日本もむかしはやっていたが、ゾロアスター教はそれがもっと厳格である。

しかし結婚して子供を儲け、子孫を増やすことは悪魔を遠ざけることであり、性行為は称賛される。日本ではなかなか妊娠できない女性を「子宝の湯」にいれたり、男女の性器も悪魔を追い払う力をもっているからそれを祭りのシンボルがわりにする、などということを行っているが、ゾロアスター教の推奨する理念とその基本はまったく同じなのである。

江戸時代の「人捨て場」

不思議看板

日本は沖縄周辺を除いて檀家制度が発達しているから、墓は寺の周辺にあることが多い。それはとくに都市部の墓地の風景だ。

都市郊外や田舎のほうにいくと、寺から離れた広大な公園墓地や、陽あたりのいい山の斜面を利用して造成された「分譲墓地」とでもいうような墓地だけのスペースがある。そういう広大な墓地は地方をいく列車などから遠望する例が多い。

それからさらに田舎の山道に入っていくと、道端とか田んぼの真ん中などにせいぜい墓石が十基前後の、こぢんまりした、いかにも「一族、あるいは一村の墓地」というような風景を見る。かなり奥深い田舎にいってもこの点在する小規模墓地を見る。

　夜遅くにクルマで田舎の道を走っていると、カーブなどで、道端にあるそうした小規模の墓地の御影石なんかにヘッドライトの光がいきなりピカリと反射してドキッとすることがある。

　福島県の奥会津はよく行くところだが、場所によっては過疎化がとことん進んでいて、集落があっても人の姿をまったく見なかったりする。聞けば老人たちがわずかに住んでいて、このままいけば集団離村などする前に、その集落に住む人の殆どが亡くなってしまうでしょう、と当の村の人が話してくれたりする。

　そういうところがいっぱいある。殆ど半壊したような無人の家が何軒かまばらにあって、いかにも侘しげだが、その集落の人々の墓地だけは毅然として残っている。高齢化にともなう離村、廃村の進んでいる日本の田舎ではこういう風景が増えている。離島なども住宅の数からみるとあきらかに多すぎる墓石の並ぶ墓地がよく目につく。

「ここは、もう十年ちょっとすると誰もいなくなる。残るのは役場と墓場だけだ」

などということをそれらの地方の老人から聞いたりする。

　奥会津の集落にはいろんな縁があって二十年ぐらい前から毎年一〜二回は行くので、本当に老齢化が進み、無人の家が増えているのを実感する。真夜中に廃村の通りを行くのは寂しいものだし、時として恐ろしいような気分になる。

ある年の晩秋、新潟のほうから只見川ぞいに一人でピックアップ・トラックを運転しながら奥会津にむかう山道のルートをいった。嵐がきていて激しい風雨の夜、真っ暗な道をいく。カーナビがないと、ルートを間違えているのではないか、と不安になるくらいの山のなかの寂しい道が続いた。

ときどき山奥の集落らしき家々の影が見えるがみんな廃村のようで灯はいっさいない。

強烈な風雨のなか、とにかく走り続けた。ときおり道端の墓石などがギランと光ってみえる。それが何度も続く。嵐の中に光る墓石の連続ほど「異物感」の強いものはない。

ハンドルを握る手に力が入る。U字溝が続いているので曲がり角などでタイヤを落としたらえらいことになる。山のなかに入ってとうに携帯電話はつながらなくなっていた。慎重に、しかし怖さに急ぎながらどんどん走っていくと、いきなり大きな看板が目に入った。深い木立の中にいくつかの文字が見えた。

「自殺がいっぱい」

と書いてあった。

「ひゃあ」と思った。離村が進む山の中の村では孤独に耐えかねて自殺していく人が増えているのだろうか。あるいは富士山麓の樹林帯のように、このあたりはむかしから自殺多発場所になっているのだろうか。

百メートルほど走り、しかし、と考えた。どうしてそんなことを看板に書くのだろうか。

　富士山麓の樹海では自殺願望でやってくる人にむけて、「ちょっと待て、生きる希望はまだある」とか「たった一度の人生。もう一度考えなおそうよ」などという看板がいろいろあると聞いていたが、そういう看板なら話はわかる。しかし「自殺がいっぱい」と書いて、何の役にたつのだろうか？

　この疑問を解明しないと、ぼくの思考のなかで何かがあとをひくように思った。そこでわざわざバックして、さっきのその看板がライトに光った場所まで戻った。嵐の山の道はさっきから対向車も、後からやってくるクルマもない。

　止まってその看板を改めてキチンと見て、ぼくはいわゆる「ガックン」となった。

　そこには、

「自然がいっぱい」

　と書いてあったのだ。

いやな道だな、気持ち悪いなあ、などと考えながら走っていたので「自然」を「自殺」と読んでしまったのだろう。臆病心が恥ずかしかった。しかし同時に単純な疑問もわきあがってきた。見渡すかぎり大自然の真ん中である。そこにわざわざ「自然がいっぱい」と看板に大書する意味はなんなのだろう。そういう疑問だ。

「お前がいちばん不自然なんだよ」

ぼくはその不思議看板にむかって言った。

道端の交通看板大好きの日本だけれど、これは「謎のお笑い看板」のひとつになるんじゃないだろうか。しかしそこで考えた。もう三十年ほどもたつと、日本の過疎地の道は、絶対に大地と同化しない御影石の墓石だけが頑強に点在して続く「墓場街道」だらけになる可能性がある。それは今の段階では山の中に同化しない「不自然」な「異物」だけれど、現実的には山の緑の中に厳然として残る墓の連続のほうこそ日本の「自然」な風景になるのかもしれない。「自然」という言葉の逆転である。

墓だけを残していく「日本の未来の自然の風景」といういささか陰気な現実を考えてしまったわけだ。

徳川家康のダム

墓地が死者の数に比例して増えていく、ということを考えると、日本の墓地はこれからいったいどうなるんだろう、ということに思いがいく。

全国での一日あたりの死者は約三千三百人だった(二〇一〇年)。同時に毎日そのくらいの数の遺骨が埋葬されていることになる。そのことを考えると、最初の方に書いた、日本独特のカロウト式の墓地の構造は、老齢化の進むこの国の膨大な数の遺骨を効率的に収納するしくみとして非常に合理的であった、ということに気がつく。

カロウト式とは墓石の下に骨壺を収納していくスペースがあり、その一族の先祖から順に遺骨が収められていく。まあ不謹慎ながら、簡単に考えれば一族の死後のアパートみたいなもので、地価の高い(当然分譲の墓地代も高い)東京の墓地としてははからずも理想的な形態になっているのかもしれないのだ。日本で早い段階から「土葬」が禁止されたのも奏功したと考えていいだろう。

とはいえ、このシステムは比較的近代のもので、それ以前の「江戸」と呼ばれた東京でも、総人口は今ほどではないとはいえ死亡率はむしろ江戸の方が高かったのではないかと思われるので、毎日夥しい数の死者が埋葬されていた筈である。

菩提寺があり檀家であれば、当時の死者は土葬といえどもそれなりの形で墓石の下におさまったことだろう（たとえそれが両墓制であったとはいえ）。世間体を保って平和に一件落着だった。

かなり以前、ぼくがまだ自分の死などについて何の考えもなしに興味本位で読んだ鈴木理生『江戸の町は骨だらけ』がこういうときに大きく思考を刺激してくれた。

この本は、いたるところで「古くて新鮮な江戸文化」の裏面を教えてくれる。

とくに第三章「江戸の寺院」は、江戸＝東京の墓地のありようをわかりやすく解説していて読み込んでいくと非常にスリリングでもある。

話は江戸城からはじまる。

十六世紀の末、徳川家康は豊臣秀吉の命令で太田道灌《どうかん》の作った江戸城に入る。兵は八千人であった。外部から移動して江戸入りしたこの兵士の衣食住をまかなわなければならない。衣食はともかく、まず最大の問題は飲料水をどうするか、というものだった。

その当時の江戸城の周辺は浅い海と小さな川、湿地帯などに囲まれており、現在の日比谷あたりはとくに広大な入り江になっていた。

江戸城の背後は局沢《つぼねざわ》と呼ばれる小河川の谷筋が細長く続いており、家康はこの局沢の二箇所（千鳥ヶ淵と牛ヶ淵＝現在の九段下）にダムをつくり、その水を兵士の飲料水にあてた。

ところでこの局沢には十六の寺があった。そしてこれらの寺はダムの底に沈むわけだから、全部よその土地に強制的に移転させられている。けれど、当時の寺の移転は寺のウワモノだけで、そこにあった墓石も人骨もすべてそのままだった。

十六の寺の土地の下に果してどのくらいの数の人骨が埋まっていたのか記録にはないようだが、永代供養の国であるからどのみち夥しい人骨が残されていたのはたしかだろう。そこにどんどん「飲料水」としての水を溜めていく。思えばひどい話ではある。

さらに当時の江戸では宅地にも畑にもならない大小の河川の河口の台地や、小沢の窪みなどが貧しい人や無宿者の「死体捨て場」になっていた。

東京には「谷」と名のつく地名がかなりあるが、それらのうちのいくつかは「人捨て場」であった可能性がある。また江戸時代の海岸沿いの小規模な埋め立て地には人骨がかなり混入した土が使われていたらしい。いや、もっと正確にいえば人骨が埋め立ての基礎にされたのだ。

「人捨て場」にはカラスや犬が群がって遺骸を処理していたという。日本式の鳥葬である。これはひとり江戸だけの習俗ではなく上方などの大きな都はみな同じだった。

全国に烏や鳥の地名がついているところはかなりその可能性があるという。

京都に「烏丸《からすま》」という地名があり、鳥喰《とりはみ》、鳥喰《とりばみ》という地名が全国に七カ所ある。また江戸の局沢に樹木谷《じゅもくだに》という地名のところがあるが（現在の千代田区二番町付近）、ここは処刑された者、病死した者の捨て場だったため、骸骨が充ち充ちていたのでもとは「地獄谷」と呼ばれていた。しかし陰惨なイメージを嫌い、後に「樹木谷」というふうに呼ばれるようになったという。

京都の六波羅《ろくはら》は六つの原が続く「六原」だが、もとは人間のしゃれこうべが一面に氾濫する「髑髏《どくろ》の原」だったといわれる。

落語の「野ざらし」は、ご隠居さんが大川（墨田川）の寂しい岸辺で釣りをしていると「人骨野ざらし」をみつけ、せめてもの回向《えこう》をと、携帯していたふくべ（瓢箪《ひょうたん》）の中の酒をたむける。その夜、ご隠居さんのところに若い娘が訪ねてくる。野ざらしのしゃれこうべは娘さんのもので、その日の回向の礼におとずれたのだ。それを長屋の隣のお調子者が覗きみて、新たな娘の人骨野ざらしをさがしにいく、という噺だ。

その時代の江戸には行き倒れの死体はありふれたものだったというから、これなどは当時の世相のほんの一例なのだろう。

死屍累々

火事と喧嘩は江戸の華と言われるように江戸時代には火事がよくあった。やはり落語にそのあたりの噺がよく出てくる。冬などは毎日のようにどこかしらで火が出て、ときにそれは広大な土地を焼け野原にする大火になった。

本章でもっぱら参考文献とさせていただいている『江戸の町は骨だらけ』はこの相次いだ江戸の大火が「骨だらけ」の要因にもなっていただろう、と指摘している。

たとえば明暦三（一六五七）年の正月におきた火事は二日間燃え続け、大名屋敷から町人の住む市街地を全焼させ、焼死者は十万二千百余人という凄まじい数にのぼった。幕府はその死者を大穴を掘って埋葬したが記録では「十万七千四十人」とあるそうだ。

このほかにも享保元（一七一六）年には江戸に疫病が大流行して死者八万人以上。

安永二（一七七三）年にも伝染病が蔓延して死者は「一九万人」にも及んだという。

安政五（一八五八）年にはコレラにみまわれ、一カ月あまりで「二三万八八三二人」

が死んだ。その三年前には、安政の大地震がおきている。東日本大震災以降、しきりに警戒されている東京直下型地震の先例である。

このように江戸時代だけでも沢山の死者が出ているが、昭和に入ると「東京大空襲」でまた大規模な焼け野原と大量の死者をだした。それらはさまざまな方法で埋葬されたが、江戸時代からの経緯をみると、土葬、火葬、水葬いりまじって、まさしく「江戸、東京の町の下は骨だらけ」の歴史が積み重なっていったのである。

戦後復興で東京は急速な都市化が進んだ。いたるところでビル建設や地下鉄や各種インフラ整備のために地面が掘り返される。するとかなりの確率で人骨が出てくる。

かつては寺院や墓場だったとわかっているところは公会堂や学校など主に公共施設が建てられた。ひところ「学校の怪談」などの「都市伝説」がキワモノ的にとりざたされたが、土地の履歴を調べていくとそれらの噂も荒唐無稽とはいえない「因果＝怨念関係」が現実にいくつもあるようなのだ。

大都市ほど人口に比例して墓地が満杯になっていく。この狭い日本では、このままでいくと冒頭述べたような、田舎に残り続ける墓地の問題と同じようなことが都市部でもおきてくることが考えられる。かといって徳川家康が江戸城周辺でやったような寺の移転を法令化する、などということはとてもできない。

パリがやったようなカタコンベ（墓地を整理し、古い骨を地下の空洞部分に投棄してしまう）などということもまずできないだろう。人骨は増え続け、東京の風景は世界でもきわめて稀な、都市部のまんなかに沢山の墓地が残り、しかも増殖していく、ということになるのだろうか。

お骨仏

『勝手に関西世界遺産』（朝日新聞社）という本のなかで宮田珠己さんの書いている「お骨仏《こつぼとけ》」が目をひいた。大阪の通天閣の近くにある浄土宗「一心寺」には人の骨で作った阿弥陀仏が安置されているそうだ。

この寺は宗派が異なっても檀家でなくてもお参りや納骨ができ、通常は年一回の施餓鬼法要を一年中行うことができる。そのためこの寺に納骨する人が増え続けた。その大量の骨をコンパクトに収容するために、納骨されたお骨を手作業で細かく砕いて粉状にして型にはめ、全体が人骨による阿弥陀仏を作った。ほぼ等身大の人骨の阿弥陀は、一体あたり十三万人から二十万人の遺骨でできており、それが戦前に六体作られたという。最初の一体ができたのが明治二十（一八八七）年だった。空襲でそれら六体は焼けてしまったが、戦後もまた六体つくられ、二〇〇七年には七体目（通算十三体目）が開眼した。この七体目は十六万三千人のお骨で作られたという。そのことを知って当時週刊誌のエッセイで紹介したところ、大阪の若い女性から手紙がきて、自分の父親もその新しいお骨仏のなかに入っているという。

ただの象徴である墓石にお参りするより、目の前の阿弥陀様のなかのどこかに自分の父の骨があると思うと豊かなありがたさとなり、ここちのいいものでした、とその手紙には書いてあった。

この「お骨仏」の考え方、方法は、日本という狭い国の埋葬仕様の行く先の、ひとつの意義ある「かたち」を示しているのではないか、とぼくはそのとき思った。

ぼくが経験したポルターガイスト

ウヨウヨいるもの

霊感――。読んで字のごとく「霊」的なものと人間の「感性」が反応して起きるなにかの「感覚」「現象」などをいうようだ。

それは会話のなかでは「強さ」として表現される。

「わたしは霊感が強いからよく見る」

「霊感が弱いから何も感じない」

などという具合だ。

そういうなかにとりわけ霊感が強いと主張する人がいて、しばしば「霊能者」などと呼ばれ、特殊なその「能力」を運勢判断や占いなどの商売に結びつけたりしている。信じる人は信じてその人の言いなりになることもあり、信じない人は最初から興味をもたず関与しない。証明できるものが何もない世界だから「霊能者」は何でも言える。いったん信じこんでしまった人が、家、財産すべてその「霊能者」に取られてしまう、という事件があとをたたない。

以前その手の「霊能者」が出ているテレビ番組を見た。いわく因縁ありそうな建物に、最初からへっぴり腰の「怖がり役」のタレントが同行し、中にはいると「なにかいますか」などとフルエ声で言う。

「ええ。ウヨウヨいます」

などと「霊能者」が応える。

怖がり役のタレントが悲鳴まじりの声を出す。まことに幼稚な番組で、「ウヨウヨいます」ってオタマジャクシじゃないんだからその「霊能者」はもうすこし言いようがあるような気がしたのだが。

「ウヨウヨいるもの」は「霊能者」にしか見えないから、言うほうはなんでもありで、たぶんこれはたいへん楽なハナシだろう。

テレビの画面も「ウヨウヨ」を映してはくれない。こんな程度で番組が成りたってしまうのだから作るほうだって楽だ。そしてこの程度のことで自称「霊能者」による霊能ビジネスが成り立ってしまうとしたら、幼稚をとおりこしてやや危険な側面も見えてくる。

世の中には心霊スポットというのがあって、さきのテレビ番組もそういう建物のひとつに入って行った話だった。

そうした場所は全国いたるところにあるようで、ぼくも以前、盛岡から遠野に向かう途中、山の麓に大きな建物の残骸らしきものを目にしたことがある。

クルマを運転していたその土地の人が言うには、かなりむかしの旅館という。江戸時代の頃からあったというからつまりは旅籠《はたご》だ。いまは屋根も崩れ落ち、あちこちが樹木や大地と一体化しつつある。

土地の所有者もはっきりしていないので行政が何度か取り壊そうとしたが、そのたびに取り壊しを請け負った業者の複数の関係者が急死したり思わぬ怪我をしたりで解体、整地が進まない。行政は請け負い業者を替えて同じように取り壊しを進めたところ、その土地から何体もの遺骨と名前の書いていない位牌がたくさん出てきたという。やがて解体を請け負ったその二番目の業者にもさまざまな災いがふりかかり、撤退してしまった。

それ以降、テレビの取材が何度かやってきたことがあるが、カメラマンをはじめとした取材チームは何かの圧力をうけてどうしてもその中に入っていけなかった、という。

以降手つかずのままいまわしい場所として片づけられずに朽ちていくままになっているが、郷土史家などが類推するに、その旅籠は、ちょっと金のありそうな客が泊まると夜中に殺して金を奪い遺体を床下に埋めていたのではないか、という。

似たような建物の残骸が青森の浅虫温泉街のはずれの方にあり、やはり解体、整地しようとするとタタリがあるというのでそのままになっている。

この二カ所の現場をまのあたりにして思ったのは、このような物件と顚末のケースが日本のあちこちにあるのではないか、ということだった。それから「霊能者」という人がこういう「いわく」のある場所に単独で入っていったらどういうことになるのか、興味深い。恐怖映画などによくあるような「何かの対決」になるのだろうか。

前に紹介した鈴木理生『江戸の町は骨だらけ』に、東京の港区内にあった都立工業高校の異変が出ている。ここの校庭の片隅にあった鉄棒場では怪我人が絶えなかった。そこで学校当局が、ある人に「観て」もらって、鉄棒の柱の根元を掘ると、約一メートル下から青い石が出てきた。厚さ五センチ、横四十五センチ、縦百二十センチほどの石の板が敷きつめられていた広い区画のそこはほんの一部であった。それらの石を開けると水をたたえた一抱えほどもある瓶《かめ》に「おはぐろ」をつけた骸骨が入っていた。その広い区画からはそういう瓶がたくさん発見されたという。

後に改めてその場所を古地図でみると、校舎全体が寺の敷地だったという。

似たような例は道路にもあり、ほとんど同じ原因と規模の事故が繰り返し起きる場所がある。これも調べてみると、いまの「学校の怪談」の場合と同じような「因縁」があることが多いという。

叫び声が聞こえたら

その土地が遠い過去になにか忌まわしい歴史を経ていて、いろいろ解明できない「災い」が起きるために放置されたままになっている、というケースは世界各地にある。

かつてポーランドのアウシュビッツに三日ほど通ったことがあるが、観光地化した強制収容所は、その一部を当時のままに残してあり、全体が独特の重い気配につつまれている。コンクリートに爪で刻まれたという名前や何かの呪詛《じゅそ》らしき言葉を妙に冷静に見てしまっていた。ガス室にも入ることができた。おおぜいの観光客と一緒だったので、一人でもっと綿密にそれらを見ていったら、またもっと別の強烈な魂の叫びのようなものを感じることができたのかもしれない。

カンボジアのトゥールスレン収容所もそうだが、そういう場所を歩きながら思うのは、例の「霊能者」の感性で、彼らがこのような場所に立ったとき、通常の人よりは鋭く「何か」を感じる筈だろうから、その反応を知りたいと思った。

カンボジア人のなかにもカンボジア的「霊能者」がいると聞き、会って話を聞きたかったが、この国を旅しているあいだに出会うカンボジア人のほとんどがポル・ポトによって虐殺された肉親があって、ごく普通に「兄が、父が、母が」被害者であり、「殺戮《さつりく》への怒り」や「その怨念」などといったところまでたどりつけない、いまだに精神的混乱と混沌の真っただ中にあり「霊能者」がどうこう言うような段階にまでいっていない、という感触を得た。

つまり、日本のように、いまわしいスポットにいって「ウヨウヨいます」などと言っていられる余裕はない、ということだ。逆にいえば「ウヨウヨいます」などと言っていられる日本には「遊びの余裕」とでもいったものがあり、のんびりした状況なのだなと感じた。

森の中のユーレイ城

「霊能者」にこだわるが、ぼくは「そういうコトに対する感性」が人並以下と思えるほどに乏しく、特別激しい「なにかのちから」というのを感じることは少ないのだが、そういうぼくにも説明の難しい体験がいくつかある。

若い頃から世界のいろいろな国に行っており、さまざまな土地の夜を過ごした。そうして「場所」によっては、科学的に説明のつかない体験をいくつかしている。そのなかには「悪酔いによる幻覚」とか「単なる悪夢」などということで片づけられるケースもいろいろあるのだろうが、これほど鈍感な感性の者にも、強烈に攻め込んでくる「なにかよくわからないもの」というのがある。

たとえばスコットランド西方のヘブリディーズ諸島にあるアイラ島でのことだった。そのあたりの島々は数々の領土争いの戦争があり、バイキングがそうとう悪辣《あくらつ》なことをして荒らしまくった「負」の歴史に満ちた島が多いのだが、ある村に向かっている途中、深い森の中にある荒れた古城に出会った。

小さな城で、城壁というものもなく、ビルにして三、四階程度。半分以上壊れた、見るからに無残な状態だった。しかしこの城も、冒頭書いた日本の「いまわしい」立ち入りのできない場所と同じで、好奇心の旺盛な「感じない」ぼくも、その城のそばまで行く気にはならなかった。遠くから写真だけ撮っておこうと思い、愛用のカメラ（ライカＭ６）を出してシャッターを押したが、何度やってもシャッターが落ちない。つまり写真を撮ることができないのだ。

ついさっきまでそんなことはなかったのでぼくは慌てた。これから大切な取材があるというのに、ここで壊れたら一大事だ。ましていままで、理由もなしに壊れたりすることはなかった。ライカは頑丈でシンプルなカメラのはずである。

困りながら、その城をあとにした。それからしばらくするとシャッターは元通りに動くようになったのだ。その一瞬の「停止」がいつまでも気になった。

まもなく取材目的の家に着いて、城のことを聞いた。

島でも有名なユーレイ城で、ここに夜入っていくと必ずユーレイが出てくるという。そしてそのユーレイを見た者は必ず死ぬ、というオソロシイ話であった。そのユーレイが抱いている恨みの話も聞いたが長くなるのでここでは割愛する。

その話をしてくれたのはフィオナさんという、アザラシの保護運動をしている人で、家の内外にはいろんな動物が住んでいた。牛、羊、犬、猫、七面鳥、アヒル、病気のアザラシなどである。そうしてフィオナさんは家からボートで十分ほどのところにある岩礁地帯にいってバイオリンを弾く。するとその岩礁に住んでいる百頭ぐらいのアザラシが海から頭を出しフィオナさんを囲んで、頭をふりながらバイオリンコンサートを楽しんでいるのであった。なんとも微笑ましい不思議な風景で、幸いなことにさっき一瞬停止したカメラは快調に機能した。そのアザラシの女王のようなフィオナさんはイングランドの「シール村」の出身だった。SEAL＝アザラシである。なんとも可愛く怪しい島の旅であった。

なにかよくわからないもの

もうひとつの体験はいささか強烈だった。場所はロシアのニジニ・ノブゴロド。寺院の多い街で、日本でいえば奈良のようなところである。冬の旅だった。冬のロシアはそのあたりで連日零下四十度。太陽は十一時ぐらいに遠くの林の上あたりまでなんとか上がり、あとは同じぐらいの高さを転がるように移動していって午後二時には力なく落ちてしまう。

我々はチームで厳寒のシベリアを二カ月にわたって移動取材しており、ニジニ・ノブゴロドに着いたときはみんな凍傷気味であり、疲労困憊状態だった。

午後九時頃にホテルに到着。ロシアの古いホテルは停電しているのではないかと思うくらいロビーからすでに暗くて陰気だ。もうクローズされていた小さなレストランをなんとか頼み込んで開けてもらって、いくらか温かいかなというくらいのスープで冷たいパンを流し込み、ヨタヨタと各自の部屋に別れた。

事件は夜中に起きた。ぼくの隣の部屋にいた奴が午前二時ぐらいにいきなり暴れはじめたのだ。その暴れかたが尋常ではない。机とか椅子などを部屋中にぶんなげている、というような暴れ方なのだ。さらにぼくの寝ているベッドのすぐそばの壁を向こうから鉄の棒のようなもので激しく叩きまくる。

狂っている、としか思えないような狂乱ぶりであった。文句を言いにいこうかと思ったが、同行しているKGBのベリコフという男に再三言われていたことを思いだした。

「ロシア人にはアルコール中毒者が多い。彼らは酔うと人間ではなくなる。もしそういう奴に絡まれるかなにかしたら、自分一人で対応しないで必ずワタシを呼んでくれ。そうしないとあとの責任はもてない」

単独で隣の部屋の暴れ男に文句を言いにいったらドアをあけたとたんに鉄の棒で頭

を殴られるとか、最悪は拳銃で撃たれるかもしれない、と言っているわけだ。そこでぼくはひたすら我慢しなければならなかった。どうも隣室には複数の男がいるらしく、声はたてないものの、互いに争うように相変わらずいろんなものを部屋中にぶんなげている。

体も神経も疲れているのにとても眠れたものではない。アイスピックを持っていたので、それで隣室との壁を思いきり叩いた。壁に傷穴があいてしまうが、もう我慢できない。

おまえらの隣の部屋に寝ている客がいるのだから静かにしろ、というアピールだ。するとそれに呼応してなのか、さらに激しくいろんなものを投げ始めた。さっきのぼくのやったことのお返しとばかり壁のあちこちを鉄の棒らしきもので叩きまくる。なるほどこれでは部屋に抗議で入ったとたんにその鉄の棒で一撃、ということが十分考えられた。

ベリコフの部屋に電話をいれようかと思ったが、考えてみるとその日はあまりにも疲れていたので、アテンダーが忘れたらしくいつも配付される取材チームの部屋割り表がなかった。

ぼくは起き上がり、あきらめてウオトカを飲んだ。本を広げたがなおも暴れまくる音で集中できない。それにしてもおそろしくタフな奴らだった。ウオトカを飲んで無理やり本を読んでいるうちに、ついに隣の騒ぎはだんだん間遠になり、ぼくも疲労が加勢して眠ってしまったらしい。やがてぼくは非常に不快でいまいましい朝を迎えた。朝といっても外はまだまっくらだ。完全な寝不足にウオトカの飲み過ぎ。最悪であった。

ゆるぎなく続行していく旅は時間に厳しい。すでに朝食をとる時間だった。朝食といっても薄い果物ジュースに黒パンにジャムぐらいだ。レストランに行くまえに、さわぎまくっていた男の部屋の番号を調べておこうと思い、隣の部屋を見に行ったとたん、ぼくの頭は「真っ白」になった。

隣には部屋などなかったのだ。

暗い階段があるだけで、昨夜ぼくはその階段を登って自分の部屋に入ったのだ。疲れていたのでそのことに思いいたらなかった。では昨晩のあの騒ぎはいったい何だったのか。ぼくの妄想なのか。それにしてはあんなにやかましく長時間の妄想なんてもはや病気のレベルだ。慌てて部屋に戻り、昨夜怒ってぼくがアイスピックで叩きまくった壁を見た。叩いた穴はちゃんとあった。もしあれも妄想だとしたら、ぼくはもうこの旅は続けられないかもしれない。

心身ともにヘトヘトになりながら荷物をまとめ、レストランに行った。遅れてやってきたベリコフにすぐに昨夜の顚末を話した。するとベリコフはぼくの手を握ってこう言った。

「おめでとう。それは完全なポルターガイストだ。この街はいろんな怪異現象があるので有名なんだ。とくにポルターガイストに人気がある。それを体験しになるべく古いホテルを狙って泊まる人もいるくらいなんだ」

なんともしゃくなことに、ベリコフの顔には明るい笑顔さえあった。

でも「おめでとう」などと言われたくない。「なんてことだ」という反応しかぼくにはできなかった。

しかしそれを聞いても不思議と怖い、という感覚はなかった。ポルターガイスト＝騒霊、というくらいだから、今さら訳がわかっても陰気にへたりこむ、という気配ではなかったからだろう。

その場所に「なにかある」ということは確かに「ある」ことだと思う。人間の科学が明確に説明できない事象はこの世の中にまだまだいっぱいある。

ヒトを始めとした生物の「死」にくっついたそういう「説明、解明不可」のことがらは、この世にいっぱいあって当然だろうと思う。デボラ・ブラム、鈴木恵訳『幽霊を捕まえようとした科学者たち』（文藝春秋）はノーベル賞受賞者を含む科学者グループが、この世の中でおきている怪異現象を次々に科学的に分析し、多くのインチキ霊媒などをあばいていく話だが、一件だけ、どうしても解明できない怪異現象があった。この分野の世界屈指の科学者たちが解明できない「なにものかの存在」。それは逆説的に言えば幽霊は存在する、ということなのだ。

若い頃より死の確率が減った

死の予感、生への導き人

自分の死に関して「そうか、自分もいずれ死ぬのか」と初めて意識したのは、前に書いたように精神科医中沢先生のひと言だったが、そのテーマでさまざまな角度から死について考え、一冊の本にまとめるようなことになったのは担当編集者の働きかけだった。

その編集者はぼくとはだいぶ長いつきあいだったから、ぼくの行動やそれにからむ「思考」の基本の部分をよく知っている。その彼が素朴な感想を述べた。

「ことによるとシーナさんは、まだ一度も自分の死について真剣に考えたことはないんじゃないですか」

　精神科医と同じ指摘だった。思えば親族や友人、同好の士や仕事上で親しくつきあっていた人々、年上の人から同年輩、そして後輩らが、すでに少なからず亡くなっている。親しい人の死が日常的になって、ぼくも自分の年齢をはじめとして「いつ死んでもおかしくない」諸条件にかなう段階に入ってきているのは確かなのだ。それでも、この編集者が言うように、正直な話、ぼくは「自分がいつか必ず死ぬ」ということについてまだ一度も真剣に考えたことがない。バカではないけれど、それに近い「おめでたい人間」なのは確かだ。

　それではあまりにも間抜けなことなので、これから、ぼくが自分の死について、どう考えているのか、ということを正直に書いていきたいと思う。

　何時か必ず自分も死ぬのだ、ということ。それはわかっている。若い頃からわかってましたよ。不老不死の薬を飲んでいるわけではないし、不死身でもない。なにか怪しげな魔法の壺だの掛け軸なども隠し持っていない。

　予想もつかない個人的なアクシデントで明日、死ぬかもしれない。そういう可能性は常にある、ということもどこか頭の隅のほうで意識している（ような気がする）。ことに雨の降る深夜に、クルマを運転しどこかへ急いでいるようなときにそのリスクを強く感じる。

でも、ハナシはここからだ。いまのままでいけば、そう簡単にいわゆる「不慮の死」というやつでいきなりぼくがこの世から去る確率は若い頃に比べると少なくなっているような気がするのだ。ハナシはアベコベではないのか、と思う人もいるだろうがまあ待っていただきたい。

とはいえ、そんなことを書くと「何を言っている！」と怒る人もいるだろう。多くの人が自分は「不慮の死」とは関係ない、と思っているんだけれど、ある日いきなり脳内血管が破裂して朝いつまでたっても起きてこない、と思ったら死んでいたとか、歩いていたらいきなり五トンのコンクリートの塊が落ちてきたが危うく難をのがれてやれやれと思ったらその直後に道路が陥没してやっぱり死んでしまうとか、航空機が失速して自分の運転していたクルマに墜落しちまう、などという思いもよらないことで突然死んでしまう要因が世の中にはゴマンとあるのだから、あんただって何時死ぬかわからない。来週かもしれないし、明日の午後かもしれないんだよ——きっとそう言われるだろう。

でも、それは確率の問題で、ごく普通に暮らしていれば想像もできない理由でいきなり死んでしまう、という事態は少ないように思う。ましてや突如の原因不明死、などということはまずないだろう。つまり、当たり前の「死」には「予兆」「予感」「前触れ」などといったものが、希薄であろうともなんらかの、たとえば体の変調ならばそういう方面から、なんらかのかたちできっと危ない気配というものがあり、それを感じるような気がする。

人間というまだ未開発の生物には、解明できていない「説明のつかない事象がいっぱいある」という話も前にした。まだ完全に使いきっていない大きな脳を持っている生物としては、いまわのきわに眠っているそれらがいきなり全部発奮発露バクハツする、という、そのくらいの未知なる能力との遭遇はすべての人にあるような気がする。

『奇跡の生還へ導く人　極限状況の「サードマン現象」』（ジョン・ガイガー、伊豆原弓訳、新潮文庫）などを読むと、そのあたりの隠された次元の謎の一端に触れている。この「サードマン現象」というのは荒天の絶望的な高山で、あるいはいまにも転覆しそうな船で、記憶に新しいところではニューヨークの世界貿易センタービルのとてつもない惨状のなかで、生と死のはざまに至った人の前に現れる「誰か」である。しばしばその「誰か」は遭難者を救出する道案内人になる。極限状態の高山で、生きるか死ぬかの瀬戸際に立った登山家がいろんなケースで「もう一人の誰か」に助けられた話などはいっぱいあり、その世界では有名な事例ばかりらしい。

どうもこれは遭難者がその自己の脳細胞からつくり出した「誰か」ではないかと推定されるようなところがあるが、この現象を研究しているアメリカの心理学者ジュリアン・ジェインズは「幻覚上の遊び友達」というふうに説明している。

漂流記などにもこの「サードマン現象」らしきものがよく出てくる。一九九一年にヨット「たか号」が転覆し、ライフラフト（小型の救命ゴムボート）で一人生き残った青年は、救出される数日前にライフラフトごと百メートルぐらい空中に持ち上げられ、ベートーベンの「第九交響曲」が高らかに聞こえる、という生々しくもはっきりした〝幻覚〟を体験している。また、『荒海からの生還』（ドゥガル・ロバートソン、河合伸訳、朝日新聞社）では家族六人が救命ボートで漂流中、七人目の誰かが乗っているのを家族は目撃している。有名な『エンデュアランス号漂流』のシャクルトンも乗組員二人とサウスジョージア島の山や氷河を越えたときに、四人目の存在を確信している。しかし誰もそれを積極的に話そうとはしなかった。彼らはその四人目を「神」と考えていたのだった。

脳細胞のことを考えてやる

話を自分の「死」にかかわる方向に戻す。ぼくは、治療が必要な生活習慣病とか長年の持病をもっているわけでもない。サケ（ビール、日本酒、ワイン、ウイスキー、etc）は毎日飲んでいる。それも世間的にいうと「かなり」から「そこそこ」まで日によって量の多寡はあるものの、そこに自制心はなくダラダラの日課的悪弊になっている。

サケを毎日飲み続けることが体に与える蓄積ダメージと、毎夕食の時にサケを飲んでやすらかで楽しい精神状態になっている「ヨロコビ」をハカリにかけると、ぼくの場合は圧倒的に「後者」であると思う。

仕事は好きだ。いま原稿締め切りは月に平均して二十本ある。三つの週刊誌に連載ページをもっているので、どうしても基本の締め切り回数が多いのだ。でも終了する連載もあり、一年前は月に二十五本もあったから今は楽である。原稿は早朝から書いている。二十五年ぐらい前から早朝型になったのだ。それまでは夜更かし型だった。

しかし、あるとき――そうだ――思いだした。あれはカヌーイストの野田知佑《ともすけ》さんとカヌーで川下りのキャンプをしているとき、サケ入りの夕食を終えてテントのそばでランタンの灯で原稿を書いていると「サケを飲んだ頭でよくそんなことができるな?」と、彼が言った。ぼくはサケを飲んでもまだ原稿を書ける能力を褒められたのかと思ったのだが違っていた。彼はさらに言った。

「人間の脳細胞は閉鎖型だ。つまりある程度の年齢になると（それはたぶん成人というやつだ）脳細胞は破損しても新規に補充されることはない。逆に流失していくだけだ。減少していく脳細胞でそのあとの自分の人生をやりくりしていくしかないんだ。脳細胞をはじめとした体の細胞も等しく疲弊していく。一日の単位で、一年の単位で、十年の単位で。だから、一日の単位で考えると限られた細胞でも夜ぐっすり眠れば朝方はいくらかはチューンアップされているとみていい。一日過ごして夜更けにヨレヨレに疲弊している状態よりは、栄養と休息をとった早朝の脳細胞でモノを考えたほうが、サケで爛《ただ》れた深夜よりはいくらか効果的な筈だ」

そういう説得力のある話だった。

野田さんは「そんなトコロで一人で真面目に原稿仕事なんかしてないでおれたちの焚き火のところにきてもっとワアッと飲めよ」ということを言いたかっただけかも知れないが、その話にはかなりの説得力とインパクトがあった。

以来、ぼくは夜、サケを飲んだあとは原稿仕事などやめて、早起き早朝仕事型に変えた。それが現在まで続いている。

その結果、夜にはその日やるべきノルマのような仕事は終えていて、サケを飲みながら楽しい時間を過ごしている。さらにそれが「毎日欠かさず飲んでいる」というコトにつながっている――のではあるが。

毎日の床とのタタカイ

ちょっとした体のトレーニングを毎日続けている、ということも、今の取り敢えずの肉体的安定に結びついているのかもしれない。ぼくは学生時代から格闘技をやっていたので、その頃の日々の練習における準備体操や筋トレを毎日やる癖がついていて、いまでも一日十五分程度、ただもう愚直にそれを続けている。とはいってもやっているのは簡単なことだ。

まずヒンズースクワットを三百回。腹筋を二百回。プッシュアップ（いわゆる腕たて伏せ）を百回。背筋（背をそりあげる）を二十回。ゆっくりやるとこれで十五分。もの足りないときはもう一セットやって三十分。夏などこれで必ず汗がでる。それから風呂なりシャワーなりでリラックスする。自宅の板の間でやっているのでこれをぼくは「毎日の床とのタタカイ」と言っている。

その結果（だけなのかどうかは？だが）ぼくは体形や体重が高校生の頃からほとんど変わっていない。柔道のあとにボクシングをやっていたのでウェイト調整が身についていることも関係しているのかもしれない。

体形が変わらないのでいいことは、むかしの服がいつまでも着られることである。ぼくはいまだにジーンズしかはかないが、十五年ぐらい前にジーンズのテレビCMに出ていて、そのときにいっぱいジーンズを貰った。当然ながらぼくの体に合わせたサイズであり、これは基本的に作業服だからもちがいい。十本ぐらいあるそれを今にいたるまでずっとはいている。もうひとつPAPASという服飾メーカーのカタログのモデルになっていたときがあったのでそのとき貰った服がいろいろあってずっとそれで済ませている。唯一、シャツ類だけはアメリカのある通販会社の非常に安いものを買っては捨ててほぼ二十年。だからぼくは服飾についての支出が殆どないのだ。したがって買い物のストレスがない。つまりぼくの毎日十五分の「床とのタタカイ」は自分の体の健康維持や服飾経済、そして精神安定などにそうとう寄与しているように思う。

間接的な(いいかわるいかわからない)副産物もある。どこへいくのも着古したジーンズに時代遅れのジャケットやロングコートなどを着ており、もともと色黒、大柄、天然パーマなので、おかしな時間(超早朝とか深夜)に旅支度して駅や空港で床などにじかにヘタリこんでいるとホームレスと思われ、排除対象になってしまうことがよくある。

でもそういう思わぬ〝迫害〟にみまわれても、自分で得た職業に日常的なストレスというものがないぶん、体と精神のコントロールを保つことができる。それがたぶん、今ぼくが生きていく上でのアクティブな精神の基盤になっているような気がする。

危うい青年期

以上は個人的にいって生きていくために「いいと思えるところ」だが、次はその逆である。

長い時間続いているぼくの悩みは「高血圧症」だ。それから「不眠症」。血圧はサラリーマンをしていた二十〜三十代の頃に、会社が近隣の診療所と連携してやる健康診断のときにはじめて指摘された。

二十代だから「若年性高血圧」だ。数値は忘れた。当時はそんなもの何がどうだってんだ、という「若年性アホバカ反応」というか、低い精神年齢というか、つまりはまあ、まるで気にしなかったのだ。若いから、それが後年どんなに大きな生命上のリスクを負ってくるかなどはわかりはしない。

もうひとつの「若年性アホバカ行為」として、ぼくは過度の喫煙リスクを重ねていた。簡単にいえば「ニコチン中毒」。

サラリーマン時代、どうしても仕事のおりにタバコを吸ってしまう。現代のように喫煙者が社会から疎まれるという気風はなかった野蛮な時代である。まわりにいる同僚、上役もみんな煙草中毒であった。職場は銀座にあったが、古いビルなので空調設備が悪く、冬など窓を閉め切っているので、夕方取材を終えて会社に帰ってくると、煙草の煙がオフィスの中空層に漂う「喫煙雲」となって、視界が悪いほどだった。当時ハイライトを一日に三箱ほど吸っていた。

朝、歯を磨くと必ず「オエーッ」となった。今思うと、あんなふうに二十代の頃からヘヴィスモーカーだらけの職場にいて、みんなで協力して熱心に体を蝕《むしば》む競争をしていたのが、わが高血圧にがっちり関係しているように思う。さらに若いときのいまよりはるかにひどい安酒のガブ飲み生活だ。しかもサケの肴は辛いものがとにかく好きだった。

煙草は二十代のおわりの頃に子供が生まれ、すくすく育っていく過程で妻の抗議によってやめた。その頃ぼくがしょっちゅう扁桃腺を腫らして寝込んでいたのも過度の喫煙が関係していたように思う。あのままタバコをやめなかったら、たぶんぼくは心筋梗塞かなにかでとっくに死んでいたにちがいない。当然の因果応報だ。

その頃勤めていた会社の先輩、同僚、後輩らのうち六人が死んでいる。三十人ほどの社員しかいなかったから死亡率は高い。そのうち四人はぼくより若いやつだった。彼らもまたみんなヘヴィスモーカーだった。因果関係はわからないが、男ばかりのその「どうみてもあらくれていた」会社時代は「健康環境」最悪の時代でもあった。

ぼくの高血圧症は、そういう日常生活に起因するものかどうかはわからないが、血圧の乱高下というかたちになって体に残った。でも、ある方法でこれとタタカっていまはほぼ治っている。

ぼくのもうひとつの頑固で最大の悩みは「不眠症」である。

これはモノカキになってからおきた。原因の一端は少しわかっている。

ぼくは十五年間サラリーマンをやっていた。男ばかりのあらっぽい小さな会社だったが、わりあい会社の仲間づきあいも仕事もぼくにあっていて、そこでのびのびと仕事をしており、実際楽しかった。自分で新しい月刊誌の創刊を企画し、それを社長が採用してくれ、ぼくはその雑誌づくりに青春をぶちこんだ。初代編集長となり五人の部下がいた。雑誌は成功し、まもなく社名まで、その雑誌名にかわった。二十七歳で取締役になり、ガンガン仕事をした。サケに喧嘩に女に社内バクチ、すべてを謳歌した。いい時期だった。ただしさっき書いたようにヘヴィスモーカーで安酒大量摂取の人生だった。

三十四歳のときにあるきっかけで思いきってモノカキに転業することになった。そのときに、かつて文学セーネンだった五十代の上司二人に、実に陰険なおためごかしの話をされた。世の中には嫉妬と羨望が充満し、会社の経営者側には大局的にみてこちよくヒトを送りだす分別も度量もない人がいるのだ、という事実を知った。

激変の代償

腹立たしい船出だった。なぜならその会社をやめる頃、ぼくがリーダーだった部署が小人数の割には会社の純利益の半分を叩き出していたからだ。上司は帳簿操作でどうやらそれを曖昧にしていたようだった。小さい世界にしがみつく人々。目の前にその二人がすわっていた。

だから、野に解き放たれてからのぼくはやみくもにあたらしい巨大な海原のような世界（今の世界）を動き回った。スケールは一気にワールドワイドになった。ぼくは機関銃のように本を出していった。仕事がどんどん増えていき、メディアにいろんな形で露出していった。サントリーのビールのCMに起用され、街を歩いていてもいきなり名前を呼ばれたりするようになった。芸能人、と呼ばれることもあった。世の中はテレビCMなんかに出る人はみんな芸能人と思っているのだ、ということを知った。人生のなかでいちばんモテた時代だった。それに付随してストーカーらしき人もいろいろ現れ悩まされた。気がつかないうちに恐ろしい世界に入り込んでいたのだ。

そして、この急速で過激で多忙な環境激変は、劇薬のような効果をもたらし、あるときぼくをストンと巨大な落とし穴にひっぱりこんだ。好事魔多し。

結果的にいうと、ぼくは鬱になっていた。

それに気がついた最初の「兆候」を記憶している。

ぼくはその日、都内のマンションの一室にいた。仕事場として借りていた地上八階の部屋だった。その日の朝、妻がチベット旅行に旅立った。当時はまだ国際間の携帯電話など普及していなかったので、早朝、成田空港まで妻を送ったあと、それからの生活をそのマンションの一室で暮らそう、と考えていたのだ。

妻の旅は、かなりワイルドなもので、平均高度四千メートル、極限高地と言われるチャンタン高原をおよそ二千キロ、約半年間、馬に乗って旅をするというものだった。馬の旅で重要なのは毎日与える餌と水の確保で、チベットの極限高地ではそう簡単に常に手に入るとは考えられない。そこで彼女はこれまでチベット各地の旅のサポートをしてくれたツアンとダワに応援を頼んだ。餌や水の確保だ。ダワはもういない。本書の鳥葬のところで語られた彼女の親友のことである。

そういう旅だから、それで約半年、妻からの連絡はないし、こちらからの連絡もできない。でもその反対のことはこれまでぼくがよくやっていたことで、留守の者と出かける者の立場が変わっただけであった。

けれど、その頃、自分でも知らないうちにぼくは急速に精神の骨格のようなものをふらつかせていたのだった。いろんなことに無感情になり、夜はかなり酒を飲んでよっぱらうところまでいかないと寝られなかった。そういう酔い方は必ず夜更けに起きる。そのあとは頑固に眠れない。深夜、まだそれほど馴染みのない都会のマンションにいることで、生まれて初めて「孤独感」のようなものに襲われた。思いがけない、予想もしなかった気持ちの変化だった。

原因は妻が長い旅に出ていったことに端を発しているのだろうが、それは覚悟の上だった。自分でそのときわかったのだが、双方で連絡がまったくとれない、ということの断絶、閉塞感、というものが思いもよらないほど強烈だったのである。

屋内外の風景や生活環境に馴染みのある武蔵野の自宅で暮らしている、という選択肢もあった。けれど、この一件はこれまでどこにも書かなかったのだが、その頃、わが家の隣に「わけのわからないクレーマー」が越してきていたのだ。

二十年以上住んでいるその住宅地界隈はいたっておだやかな人づきあいをしていたのだが、その家族が越してきて彼らが最初にやったのが、各隣家との境界の再測量というものだった。意味がわからなかった。さらにお定まりの、垣根を越境してきている果樹や樹木の枝葉の伐採要請。最悪なのは挨拶がいっさいないこと。その家族はなんと近所中といっぺんに敵対関係に入ったのだ。その理由は今でもわからない。

ストレスが日常的になった。例えば狭い道でクルマ同士がはちあわせすると、それまではその住宅地専用の道だから、距離的に後退しやすいほうが当然という顔で少し下がり、気持ちよくすれ違っていた。

ところがその人は自分のクルマが五メートルもバックすればすれ違えるのに、当方を五十メートルほどもバックさせることを平気で強要した。一番攻撃的なのが奥さんで、小学校の教師ということだったが、ぼくがいままで出会ってきた人のなかで性格的に最悪の「隣人」だったように思う。日常的に意味のよくわからないいやがらせのようなものがいろんな場面でおきた。

こういう隣家の、形のはっきりしない精神的な圧迫が、ぼくを都内のマンションへ一時避難させるひとつの大きな理由だった。こころをやすらかにして原稿などとても書いていられない環境になってしまったのだ。

結果的にいうと、その隣家のわずらわしさから逃れるために一年後に私たちは都内に越してしまうことになるのだが。

さて、ぼくをにわかに襲った憂鬱は、今思うに精神的な閉塞感だったようだ。一人でマンションの室内にいるのが苦痛だった。

あるとき風が非常に強い真昼、ぼくはベランダから眼下を眺めていた。沢山の桜や葉の繁った樹木がみんなして強い風に踊るように右やひだりにうちさわいでいた。それはいかにも楽しげで、眼下の沢山の樹々がしきりにぼくを誘っているように見えた。ときおり春の突風がぼくの立っているベランダまで吹きこんでくる。

その強い風に乗ってベランダを飛びだせばぼくはあの風に乗って桜の花びらの飛び散る中を自由に飛んでいけそうな気分になってきていた。そうなのだった。このくらい強い風が吹き荒れているときは、人間だって飛ぶことができるんじゃないか。いつのまにかぼくはそう考えていた。もっと強い風がやってきたらぼくは思いきって飛び出してしまおう。

そう、思ったとき、ぼくは自分がびっしょりと脂汗のようなものをかいていることに気がついた。

後に、冷静に考えられるようになったとき、あの瞬間、ぼくは非常に危険な心理状態になっていたことを認識した。自分の理性がぼくの体よりも早くどこかに飛んでいってしまっていたようだった。

思いがけないコトだった。自分にそういうものがあるのだ、ということをはじめて知ったのも鬱で弱った精神に追い打ちをかけた。でも今思うに、その段階で鬱症状が唐突に現れたのではなく、以前からそういうポテンシャルがあったような気がする。それに気がつかないでノーテンキに生きてきたが、いきなりきわだってあらわれた非日常性がそれを露呈させた感じだった。

それでもまだぼくのは軽いほうで具体的な症状はつまりせいぜい「不眠症」くらいだった。とはいえ、そんなデリケートな精神変化ははじめてだったので、初心者には思いがけなく苦しい日々を経験していくことになる。

それまでの人生、常にポジティブシンキングが基調だったぼくをネガティブな意識がはじめて浸食し、そいつをなだめながら二十数年。まがりなりにも今は毎日まあけっこう楽しい、といえるような日々が続いているので、まだぼくの前には「あからさまな」死の意識やその影はちらついていない、と思っている。

でも冒頭述べたように、ぼくの周囲を見回していくと、確実にそれぞれの「死」が(おそらく)なんの前ぶれもなく友人らにおとずれ、それは自分にも例外ではない「いつか」であると認識する日常になった。

「死」という平等で厳粛なものがようやくぼくの目の前に「あたりまえ」にその姿をあらわすようになってきた、というわけである。

でもぼくは、なんだか申し訳ないけれど、やはりまだそうそう簡単には「明日」死なないような気がしている。

外国でのことが多いが、これまでぼくは何度か、ちょっと間違えれば確実に「死んでいた」という厄介事に直面しているのだ。「不慮の死」は若い頃だったらあちこちにあったかもしれないが、歳を重ねた今ならあまり考えられない、とさっき語ったのは、つまりそういうコトなのである。

まだサードマンこそ現れないが、あとで思うにそんなものが現れる余裕もない一瞬のミスで「くたばってしまっても」おかしくないことをいくつか経験している。その内容は自分に憑いているなにか「悪運の強さ」としか思えないものによっているような気がしてならない。

「じいじいも死ぬの?」

死んだかもしれない履歴

自分の油断、もしくは状況判断のミス、あるいは避けられない事故などでいきなり死んでしまう、いわゆる「不慮の死」の確率は、若い頃より今のほうがずっと少なくなっているような気がする――と書いた。「何を言っている。逆ではないか」と思った人もいたのではないだろうか。

でも、それはこういうコトなのだ。

若い頃から、ぼくはなにかムキになったように、無鉄砲にいろんなことをしてきた。そのなかにはちょっとタイミングや状況が違っていたら死んでしまったかもしれないという体験がいくつかある。

でも、歳と経験を重ねたことによって、もう同じ愚は冒さない、というわずかな知恵がついたような気がするのだ。それを考えるためにこれまでの自分の生と死にかかわるきわどい体験を次に列記しておきたい（すでに少し書いている話もある）。

・十歳のときに友達と神社の階段のわきにある手すりを後ろ向きになってすべっていたら、一番下のほうの手すりが腐っていて折れ、その土台の石に後頭部を振り子のようにしてぶつけた。子供の頭蓋骨だからまだやわらかく、陥没骨折などはしなかったが気を失った。宮司さんによって病院にかつぎこまれたが、脳内出血をおこしていて一カ月間、頭を固定した状態での入院治療をした。医師にてんかんの後遺症がでるかもしれない、といわれた（が、いまのところでてない）。

・（第一章ですでに書いたがここではもう少しくわしくその内容を書いておきたい。ときおり思いだすのだが、ぼくはこのとき何かほんの一瞬の違いによって死んでいてもまったくおかしくない、という状況だった。医師も警察もそう言っていたのを思いだす）

二十一歳のときの交通事故である。免許証をとってまだ三日目の友人の運転するクルマで冬のアイスバーンになっている道を猛スピードでとばし、ハンドルをとられて蛇行運転となり、コンクリートの電柱に斜めに突き刺さるような恰好で激突した。深夜二時頃だったが、あとからきたタクシーの運転手にひきずりだされ、救急病院に運んでもらった。その運転手は名もつげず知らぬうちに消えてしまった。ぼくは顔面と頭部裂傷（骨まで見えたらしい）脳内出血。運転していた友人は胸部裂傷内臓破裂。ぼくも友人も激しい格闘技をやっているさなかで人生のうちで一番体力があったからだろう、二人とも死ななかった。ぼくは四十日間、友人は五十日間入院し、双方完治までに半年かかったが互いに生還した。

　そのときの顔面の傷はまるでマンガのヤクザ者のようなあんばいで、ぼくの目の横に、縦に七センチほどの消えない傷跡として残っている。そこだけで十針ほど縫ったのだ。その傷が左右どちらかにほんの二センチほどズレていたら、丹下《たんげ》左膳《さぜん》状態になって右目失明か、急所のコメカミ部分のほうなら死亡していただろうと医師は言っていた。またその病院に運びこまれるのが三十分おそかったとしても出血多量でやはり死はまぬがれなかっただろうと。

「サードマン現象」のことを書いたが、もしかしたらそのタクシーの運転手が我々にとっての一種のサードマンではなかったか、と今になると思うのだ。交通量の少ない地方都市の深夜二時なのである。近くの救急病院を知っているその町のタクシーが空車で我々のすぐ後ろをたまたま走っていた、という状況は運がよすぎる。しかも我々のあの出血量からするとタクシーの後部座席はひどい状態になっていたはずだ。よほど義侠心《ぎきょうしん》のある人だったか、やはりサードマンだったのか。
・十代から二十代の頃、ぼくは無意味に知らない奴と街でよく喧嘩をした。ストリートファイトというやつである。通算二十人ぐらいのまともでない奴（自分もそうだが）と殴り合いをし、怪我をしたりさせたりした。そのうちのどれかの敗戦で左目の奥に傷を三つ作った。いまだにいつ眼底出血してもおかしくない不安定な状況らしい（数年前の診断で知った）。
・三十代おわりの頃、チリの谷道で氷河雪崩《なだれ》による鉄砲水の危機にあい、生まれてはじめて馬に乗って必死に逃げた。チリ人一人死亡。副産物としてぼくはその体験で以降どんな馬にも乗れるようになった。
・四十代はじめの頃、オーストラリアの海のディープダイビングで窒素酔いになり上下の方向もわからなくなり、外国人のバディに助けられた。一人では死んでいたと思う。
・テレビドキュメンタリー撮影で、ディレクターに乞われるまま、スクーバダイビングのギア（エアタンクなど）をそっくりつけてヘリコプターから飛び下りた。十メートルぐらいあったが、着水のときの衝撃でダイビングギアのどれかが外れてしまったらどうなっていたか。そのとき感覚的にあぶない仕事だなと思ったが、勇気をもって冷静に断れなかった自分がバカなだけだった。
・四十代のなかごろ。モンゴルで映画を撮影しているとき、休みの日になると一人で馬に乗り遠出をしていた。そのおり、トーラ川というロシアまで続くけっこう大きな川の岸で横着して馬に乗ったまま水を飲ませようとしたが、馬が首を水面近くまで延ばしたとき、背負い投げをくらったようなかたちでぼくは川に転落した。そのましばらく流されたが自力でなんとかはい上がった。馬は逃亡。キャンプに帰るのに方向がわからず、五時間もさまよった。
・五十代のおわり頃、ブラジルのパンタナールで落馬。原因はぼくが横着をして鞍の腹革（ベルト）締めを怠ったためで、疾走しているうちにそれが緩み、鞍ごと回転して落ちた。あおむけに落ちたが、そのとき馬の後ろ足の蹄がぼくの頭近くをカラ蹴りしていくのが見えた。あれに当たっていたら生きていなかったと思う。完全に自分のミスで、あばら骨二本の骨折。ジャララカという猛毒蛇のいる湿原だったので助けがきてくれなかったらそのあとも危なかった。
・ネパールの山岳地帯を四人で交代運転していた。ぼくが運転していたときに角を曲がったおり、細長い石が倒れていて、それに車輪をのりあげ、二回転してサカサになってとまったがあと数メートルで谷に落ちるところだった（この事故のことも前に書いた）。日本のようにどんな山道でもよく整備されている国を走っている者が、他国の知らない道を運転するのは自分だけでなく他人も死に巻き込む、という恐怖の体験をした。

衰えていく、ということ

こうして、今になってまとめて書いてみると殆ど自分の不注意、状況判断の甘さから危機に直面していたことがわかる。要するにおっちょこちょいなのだ。どれも非常に危なかった。人生にはちょっとの状況の差で生命の危機にかかわることがいっぱいあるのだ、ということを知った。

でも一方、都合のいい話かもしれないが、ぼくは「悪運が強い」のではないか、と思わざるをえない。そうして前章で書いたように、これからは自分の年齢や体力もさることながら、若い頃よりはもう少し状況判断能力がついているぶん、もうそんな危険な状態には接近していかないような気がする。

冒頭書いた「不慮の死」の確率は若いときより減っているように思う、というのはそういうコトからなのである。

だから知らないうちに体力が落ちている、あるいは耐久力がなくなってきている、ということも有利な変化なんだと考えることにしている。

たとえば命の危機とまでは思わなかったが、八年前に奥アマゾンに行ったとき、海辺育ちで水泳には自信があるとの過信で筏《いかだ》から飛び込んだ。しばらく流されていって、いざ筏に戻ろうとしたとき、日本の川とはまったく水流の圧力が違い、これまでの経験上想定していた数倍の力でないと流れに逆らって泳いで帰れない、ということに気がついた。アマゾンというのは日本の川と質量の違う水が流れているように感じた。これは流れる水が沢山の砂粒を含んでいるからだろうと思うのだが、もう少しでパニックになりそうだった。そのとき、日本の川でカヌーで転覆したとき、急流であるほど水流の逆回転する箇所が必ずあって、それを利用することを思いだした。筏からさらに遠のいていくのが心細かったが少しずつ岸側のほうに泳いでいって水流の弱いところを探し、なんとか筏に戻ることができた。ピラニアや電気ウナギなど水のなかには危険な生物も沢山いるので必死だった。どうにか体を筏にのしあげ、助かったと思ったとき、疲労感と緊迫感と安堵感でしばらくそのまま動けなかった。

地元のインディオなどがいとも簡単に泳ぎきっているので、これは慣れの問題もあるのだろうが、自分の体力が、自分で思っている以上にいちじるしく劣化している、ということでもあるのだな、ということにはじめて気がついた貴重な体験でもあった。

そういえば、その頃、ぼくは三角ベース（草野球のようなもの）に凝っていて、定例の試合を楽しみにしていたし、外国に行っても野球のできる場所があればメンバーをあつめて試合などやっていた。小技のきかない、力まかせに振り回す常時フルスイングのバッティングだったが、それでもクリーンアップトリオの一人としてけっこう活躍していた。台湾や韓国など外国への遠征などもチームをつくって挑戦し、ニューギニア人との試合では逆転勝ちのヒーローになったりした。

しかしアマゾンから帰ったあたりから急にパワーが落ち、長打を打てなくなっていた。

視力の衰えもその後感じはじめた。ぼくは一度も近眼にはならなかったし、老眼にもならなかったが、六十五歳を過ぎたあたりから寝る前にベッドで長い時間本を読んでいると、文字が霞《かす》むようになり、眼科に行ったらこれは単純な老眼です、と診断され、そのとき同時に眼底の三つの傷も発見されたのだった。

確実に歳相応の老人になってきている、という当然なる現実にいろいろ気がついてきた。二年に一度、妻に強引に引っ張られるようにして人間ドックで細部まで診てもらうようになった。大きな問題はなかったが相変わらず高血圧がチェックされる。それは若い頃からなので、十年ぐらい前から降圧剤を一日一錠飲むようになっていた。この種の薬は飲みだすと止めてはいけない、などという話を聞いていたからやや抵抗があったが、医者から毎日血圧を気にしているよりはいいでしょう、と諭されるようにいわれ実施していたが、やはり毎日薬を飲む生活は抵抗があった。

あるとき何かの雑誌にタマネギを毎朝四分の一ほど生のままサラダ感覚で食べると血圧降下に効き目があると書いてあった。その場合、切ったタマネギは水で洗わず、必ず十五分ぐらい空気にさらしておく。空気に触れることによって有効酵素がうまれ、それが好結果をもたらす、と書いてあった。いわゆる民間療法というやつだが、約八〇パーセントの人に効果が出ている、という説明があった。同時に、夜、コップ一杯の水にダシコンブを数枚浸して冷蔵庫にいれておくと、翌朝カリウム系の養分が溶けてトロトロの水になっている。それを飲むのもよい、というのでそれも実施している。

結果的にいうと、どっちがどう効いているのか分からないのだが、タマネギ作戦のほうでいうとぼくはその八〇パーセントのなかに該当したらしく、まもなく血圧は正常ラインにさがり、医師からの薬をやめても安定したままになった。薬をやめたのは医師と相談してのことだった。二十代の頃に高血圧と診断されて実に三十年以上たってからの回復であった。早いうちの禁煙の効果も大きかったのだろうが、「いい」と言われている民間療法を素直に信用して取り組むのも大切なことなんだな、と身をもって知ったのだった。医師によっては民間療法をまともに受けいれない人もいるが、ぼくのかかっている医師は漢方医療もとりいれているので、理解範囲も広く、その成果を評価してくれている。

楽しい老化

歳をとっていくのをネガティブに考える風潮があるが、これは誰もが歩む過程であり、考え方や、その変化とのつきあいかたで、いくらでもポジティブな思考方向へ進めるような気がする。

ぼくの場合、とても大きかったのは、世間でもよく言われるように「孫のちから」だった。アメリカで暮らしている息子に二人の子供ができた。男の子と女の子で、当初はアメリカ（サンフランシスコ）まで、時間を見つけては会いにいっていたが、三人目の子供ができて、医療問題そのほかの理由でその子は日本で産むことになった。そうして無事出産したのだが、ゼロ歳ではまだ飛行機に乗せられない。二歳になってからまたアメリカに戻ろう、という計画だったが、その二歳のときに福島の原発事故がおきた。

そこで大きく考え方が変わっていき、結論からいうと、かれらはそのまま日本で暮らすことになった。この世の中、これから何が起きるかわからない、という日本人全員が抱いた不安に同じように苛まれた結果だった。あとで書くが、彼らの戻る予定のサンフランシスコのカストロという街にも大きな問題があった。

まあとにかく結果的にぼくの生活範囲のごく身近なところに三人のチビがいっぺんに登場し、ぼくの生活に濃厚にからまるようになったのである。あたらしい小さな命の力は想像以上に大きなものだった。

上の二人は英語社会から日本語の社会になじむため、それなりに努力を強いられ、当初はギクシャクしていたが、小さな子の対応力は驚異的だ。かれらはたちまち日本の生活になじみ、同時にぼくの恰好の遊び相手になり、かわいらしい刺激のかたまりになった。

父親は日本の会社に就職したが、外国を含めて別の都市に長期滞在する仕事だった。三人の子供を抱えた母親の日常はなかなか大変なので、一番上の男の子が幼稚園にいくようになると、しばしばぼくがその子を連れて登園することになった。

草や花に興味のある男の子で、登園途中でいろんな家の庭の草花などを見て、話をしながらいく。これはぼくにとってピカピカ輝くような「あたらしい朝」の出現だった。

そんなおり、近くの小学校の父母会から「講演」の依頼があった。まあ気分としては講演などというしかつめらしいシロモノではなく、ご近所の人に挨拶にいく、というような気持ちでその依頼をうけた。

都内の新宿に近いところだけれど、都会の過疎化がはじまっていて、小学校は各学年一クラスしかない。そこの小さな体育館で話をした。近所の人がたくさん集まっていて、なごやかな雰囲気だった。

質問の時間になって、何人目かの中年婦人が、いつもお孫さんと手をつないで幼稚園にいく姿を物干し台から微笑ましく見ているんですよ、などという話があって「ありゃ見られているんだな」ということを知った。

「おじいちゃんがとっても嬉しそうな顔をしているのを見ると気持ちがよくて」

その女性はそんなステキなことを言ってくれた。きっと本当にそうだったのだろう。

大きな嘘の約束

彼らがまだアメリカにいる頃、その男の子の孫からよく電話がかかってきた。なにげない日常の話である。時差の関係で先方の夕食時、日本の午前十一時頃が多かった。日本語の勉強でもあるからぼくはゆっくり話をする。孫はサンフランシスコと正確にはいえず「サンコンカン」と言った。サンコンカンの「ゴールデンゲートブリブリッジ」と、「ブリ」を二回続けるのも面白く楽しい会話時間だった。

しかし彼らの住んでいる町はヒスパニックと黒人のヤクザ者が対立している「ウォー・タウン」（戦争の街）と呼ばれている危険なところで、ぼくが息子家族の住むアパートに泊まっていると、夜などいきなり拳銃の音が聞こえてきたこともある。

あるとき、彼らがレストランで食事しているとそういう町なかの抗争があって、まだ十代とおぼしきヒスパニックの青年が逃げ込んできて、レストランの中で拳銃で撃たれ、死亡した。そのありさまをまのあたりにした孫は当然ながら「ヒトの死」を生まれてはじめて見てしまったわけだ。

翌日の電話で孫は「おにいちゃんが死んじゃったんだ」と、その話をそのまま教えてくれた。そして彼は言った。

「じいじいも死ぬの？」

じいじいとはぼくのことだ。

少し考えてぼくは嘘をついた。

「じいじいは死なないんだよ」

「ふーん。よかった」

四歳の小さな男の子はそう言った。大きな嘘の約束だったけれど、いまはできるだけその嘘をつらぬきたいと思っている。

歳をとるとあらゆることが辛く変化していくというけれど、でもその変化がすべて辛いわけではないかもしれないぞ、とぼくはいま柔軟にそう思っている。

親友、そして自分はどう死にたいか

若い頃に死んでいたかもしれないいくつかの事故や、不測の事態に陥った体験を書いた。だから年齢をかさねた今は、用心深くなっていて、そうそう簡単には死なないような気がする、などということも書いた。でも、あれは少々驕《おご》りすぎだったかな、と今になって思う。孫には「じいじいは死なないんだよ」と嘘の約束をしたが、ここにきてぼくの知り合い（歳下の友人など）がたて続けに重い病気になり、苦しい闘病生活をしている。学校の同窓生などの訃報もかなり聞くようになった。ぼんやりしていても「死」はどんどん身近に迫ってきているのだ。ぼくは高血圧と不眠症に悩まされているだけだが、いつどんな死に直結する病気にみまわれるかわからない。

タマネギ療法で血圧の悩みは解消したが、ぼくもやはりやがては死んでいくのだ。どんなふうに死を迎えたらよいのか、最後にそのことを本気で考え、書いておきたいと思う。

その前に尊敬する先輩や、同世代の親友らに、それぞれ話を聞いてみた。

「どのように死にたいか」というテーマである。

ぼくのアウトドア遊び、とりわけカヌーによるリバーツーリングの師匠であったカヌーイストの野田知佑さん（七十七歳）にまず聞いた。世界各地の巨大な川を何カ月もかけてカヌーで下ってきた人だ。長いつきあいだが、今は徳島県のきれいな川のそばでなかば隠遁《いんとん》生活をしているのでなかなか会えなくなった。

彼もまたユーコン河やマッケンジー河など世界のいくつもの河でひとつ間違えると死んでしまうような体験を重ねてきている。「どんなふうに死にたいですか？」というぼくの質問に彼はこう言った。

「そりゃあハリツケで死にたいよ。何度かあわやということがあったけれど、あれで死ねるなら本望だよ」

ハリツケというのは激流でカヌーが転覆し、激しい滝のような流れによって全身を岩に押しつけられ、激しい水流を見ながら身動きがとれなくなることをいう。激流下りで一番死ぬケースだ。

「好きな河に抱かれて死ぬようなものだから贅沢な死に方だよ」

「葬儀の方法は？」

「行方不明がいいな。だからそういうものはいらないよ。ハッハッハッハッ」

最後はここちのいい笑いだった。死の当座は苦しいだろうが、死んだら生きているよりここちがよくなるよ、というような笑いかただった。

続いて中沢正夫先生（七十六歳）に聞いた。精神科の医師でありぼくの主治医だ。沢山の著書があるが、五十四歳のときに『「死」の育て方』という本を書いている。

先生にはアンケート用紙に答えてもらった。
①どんなふうに死にたいか。死のプラン。
癌で死にたい。疼痛《とうつう》コントロール（意識低下の少ない）が可能なので、あっちこっち

不義理をしているところに仁義をきってから死ねる。しかし自死以外、死に方の選択権がない！　という現実がある以上、あらかじめの計画は無駄。「それがきたとき考える」ようにしている。
②お葬式をやるか、やらないか。
すでに考えて書き残してあるが、死ねばその実行の可能性は遺族次第。残ったものが都合よくやるでしょう。
③やるならどんなふうに？
身内だけ。要望があれば「偲ぶ会」をやってもらいたい。
④棺桶に入れてほしいものなど。
なし。
⑤その他、葬式についてお考えがあれば。
死者の意思を尊重しすぎ。あまり凝らないフツーの葬式がお勧めです。形式的かつ廉価。一度で終わり、あとをひきずらないからです。こだわっていると次々と弔問客がおとずれて一年間クタクタになります（死んでしまう自分には関係ないけれど……）。
⑥お墓に入りたいか、否か。
どっちでもいい。残ったものが気がすむよう（安心感が得られるよう）にすればいい。

⑦ユーレイになりたいか。ヒトダマぐらいでよいか（ぼくの悪い癖でこんなフザケタ質問を尊敬する医師にしてしまう）。

なりたくない。死後の世界には興味はない。しかし自分の死後、この世の動きは見てみたい。ハラがたってまたそこでこの世に「転生」できるのならヒトダマでもなんでもなりますが、それはないのですから死後まで悩むことはないでしょう。

⑧その他、死について思われることがあったらお書き下さい。

人類生まれて四百万年。文明起こりて四千年。核をもてあそんで百年。半減期何億年という核の種をバラ撒き、スローデスへの道を歩みはじめた。ホモ・サピエンスは欲と好奇心はあってもあまり賢くないなあ、と思います。ずっと「死に際の美学」を追求してきましたが、それも虚しくなり、いまは「私」って何なのだろう……と考えます。残り少ない命を何に使おう。カワイイ孫たちの世代のために使おうと超極私的現実的になり、時間を作ってはフクシマ支援に出かけています。

次はぼくと同世代の親友に聞いた。まずは弁護士の木村晋介君（六十七歳）。かれはオウム真理教事件のときに活躍し、一躍有名になった。ぼくとは五十年近いつきあいになる。

①死に方
はっきりしたプランはないが、できればかっこよく死にたい。人助けになるような、世の中のためになるような死に方をいつも漠然と考えているが結論は出ていない。日本尊厳死協会に入っているので基本的に延命治療はせず、夢としては、静かに、痛くなく、みっともなくなく。

②お葬式
葬式はやってほしい。呼びたくない人は二人ぐらいいる。そのとき椎名が元気だったら葬儀委員長をやってほしいと思っている。からっとした賑やかな葬式がいい。棺桶には三ケ月章の『民事訴訟法』(著者サイン入り)を入れてほしい。一番尊敬している人なので。

③墓
お墓には正直にいうとあまり入りたくない。しかし残された家族がどう思うかということがある。希望としては散骨してほしい。八丈島の海と、エジプトのピラミッドの中に撒いてもらう。観光客として中に入れるからスキを見て散骨してもらう。ピラミッドが自分の墓になるなんていいじゃないですか。

④ユーレイ

面白い質問だねー。いくつぐらいで死ぬかによって変わってくる。七十歳ぐらいで死んだらユーレイになって出てみたい。この世にまだ友達がいっぱいいるから後ろからワアっといって脅かしたい。八十歳ぐらいで死んだら疲れるからヒトダマぐらいでいいや。

次はイラストレーターの沢野ひとし君（六十八歳）。ぼくとは高校時代からのつきあいだ。ぼくの小説やエッセイに殆ど専属のような状態で絵をつけてくれている。彼も歳を経てなかなか味のある絵を描くようになった。

①死に方

最近医者に「あと三十年は生きる」と言われ、なぜか啞然憮然とした。本当は橋の下などで朽ち果てるような、行き倒れのような死を望む。

②お葬式

やらない。理由はもう人に迷惑をかけたくないから。

③ユーレイ

これまでずっと人様に迷惑をかけてきたので死んだら静かにしています。

ぼくと一緒に書評誌『本の雑誌』を創刊し、二人で三十年間その雑誌を育ててきた相棒の目黒考二（六十六歳。文芸評論家の北上次郎）は七十五歳ぐらいで決着（死）をつけたいと言っていた。理由は毎週行っている今いちばん楽しみの競馬通いの仲間が自分より早く死んでしまうと寂しいから。その限度の歳が七十五歳ぐらいだろうから。

ぼくが週に二～三回は飲みにいく新宿の「池林房」のオーナー太田篤哉《とくや》君（六十七歳）はひところ三百歳まで生きる、と言っていた。今から十年ぐらい前に九階建ての大きなビルを建て、そのローン返済を済ますまで三百年ぐらい生きなければ、ということからだったようだが、最近返済が早くすすみ、百五十歳目標ぐらいになったようだ。死ぬときはそのビルの屋上にジャグジーをつくり、「プレイボーイ」を創刊したヒュー・ヘフナーのようにまわりに美女（複数）をはべらせて、そのうちふわーっと天に昇りたい、とほざいていた。でも、そういえば屋上のほうが確かに天に近い。

先輩や親友らの「死」の話を書いているうちにぼくの死に方希望について書くスペースがあまりなくなってしまった。

死に方が選べるとしたら、ぼくは日頃のアウトドアの遊び仲間（三十代から六十代の十五、六人）らといつものように海べりで潮風に吹かれながら焚き火にあたり、最後の極冷えビールを飲みつつぼんやり死にたい。息も絶え絶え、コップ一杯やっと飲めるぐらいでもいい。法律上無理だろうけれど、息をひきとったら、そのまま浜辺に埋めてもらえれば最高である。往生際悪く、そこでは死ななくても病院での延命措置は拒絶。

ちなみに、ぼくはけっこう死後の世界を信じている。なぜなら死後、何もなくなったら計算が合わない。この世に誕生させる力があって肉体が登場したわけだから、肉体が消滅してもその「力」はどこかに残るはず。死んだことがないので、それが地下なのか天空にあるのかわからないけれど、思念の世界だろうと踏んでいる。死ぬことは全然怖くない。逆にパスポートをもらって新しい世界に行けるわけだからちょっと楽しみかな。向こうの世界はどれくらい発展しているんだろう。きっと元の世界にその様子を知らせたいと思うでしょうね。

「最後の晩餐」には興味なし。何も口にできない状態かもしれないでしょ。だから何でもいい。「カツオの刺身」と言ってしまったら、なんだおれの人生カツオかよと思うものね。

葬儀は宗教とはかかわっていないので残った家族とごく親しかった人たちの囲むなかで簡単におこなってほしい。密葬というやつかな。プロ野球の優勝パーティのときのビールのひっかけっこも魅力だが、斎場から怒られそうだから我慢する。そこらの花を焼香がわりに。読経はまったくいらない。間がもてないだろうから演歌もしくはバッハの曲をBGMに。木村晋介君が元気だったら葬儀進行の代表に。名人芸に達している彼の落語小咄（新作の持ちネタに「椎名の手」というぼくのいまわのきわの状態を語っている笑える咄がある）をやってもらえたらおれたちの友情はそれで完結する。

一九九二年に妻がチベットでぼくの誕生日に描いた聖山カイラスのスケッチ（書斎の壁に張ってある）と三人の孫たちの小さな絵と一緒に焼かれていきたい。これは遺言がわりでもあります。孫の一人、風太君との約束は守れないことになるが、その頃には彼も理解してくれるだろうと思う。

友よさらば——少し長いあとがき

「死」とその周辺についてはじめてまともにむきあって、思うところを書いた。これまでのわが人生のなんらかの状況で「死」と触れてきたぼく自身の体験を中心に、次々にわきおこる疑問について関連書物などをだいぶ読み、少しずつ知識を広げて書きすすめてきた。

旅の多い人生だったので、そのことに記憶の焦点を定めると、これまで旅の先々でかなり「死」にからむ風景に触れていることがわかってきた。それらとはいきなり出会うことが多いから、その当座はそれほど深く考えずに「異文化の風景」のひとつとしてとらえてきたことが多かったが、こうしてそのことだけに思考を定めて考えていくと、その当座もっとよく観察し、もう少し深く考えてみるべきだった、と悔やむことばかりである。

でも、それらの傍観者的体験の蓄積が、本書を書くうえでかなり役にたっていたのも事実だった。

本書では、最初の章に、自分の周辺のみぢかな人の「死」について書いてきたが、少し迷った末、あえて書かなかった人の死がある。ぼくの人生のなかでは肉親の死以外ではもっとも重い状況の「死」であったから、書くのに躊躇し、結局全部本文を書いてから、その「死」について触れたい、と思うようになった。躊躇したのは「自死」であったからだ。親友のひとりであり二十歳だった。Nという。

Nは陽気な男で、いつも自分の家族をはじめ、周囲の友達を笑わせ、楽しませてくれていた。そのNがあるとき車を運転していて子供を轢《ひ》いてしまい、かなりの怪我を負わせてしまった。彼は苦しみ、事故を起こして十日もたたないうちに自宅で縊《い》死《し》の道を選んだ。

直後に彼のその部屋に入ったが、部屋中に彼の好きだった音楽が流れ、その中で酒を飲み、ノートに遺書を書いて死んでいた。

知らせを聞いてぼくが行ったときはすでに地元警察や病院関係者などが来ていてごったがえしていたが、亡骸《なきがら》は毛布をかぶせられ、部屋の隅にあった。彼の顔、姿を見たかったが、どういう関係の人かわからないが、腕章をまいた人に厳しい顔でとめられた。

部屋の中は酒の臭いと嘔吐の腐ったような臭いとわずかに糞便の臭いがした。親戚らしい人が数人すすり泣いていた。共通の友人が何人か青い顔をして部屋の外にいるのが見えた。人間が、友人がこんなふうにいとも簡単に死んでしまい、もう話をすることも笑いあうこともできないのだ、というあまりにも突然の「別れ」に自分の意識がついていけないかんじだった。

彼の遺書ノートがすさまじかった。

最初のほうのページには、自分の不注意で小さな子供にとりかえしのつかない怪我をさせてしまったことへの詫びと悔恨が書かれていた。やがて文字は乱れていった。きっと酔いがそうさせたのだろう。

「死にたくない」

という言葉がなんべんも書かれていた。両親や友達にあてた文章も乱れていたが、すさまじい「生」への執着、葛藤と苦悩がそこに綴られていた。

ぼくにとっては父親の死の次に出会った死であったが、同い年ということもあり、そのショックは大きかった。

——あれからそろそろ五十年近い歳月が流れようとしている。ときおり彼がいま生きていたら、ということを思う。相当に親しかったからいまだに親友であったろう。そうして彼にあのとき何もおきていなかったら彼はそのあと五十年近い「生きていく時間があった」のだ。

追い込まれてはいたけれど必ずしも「自死」を選ばなくてもよかったのではないか、とその後彼のことを思いだすたびに考える。残りの人生を、怪我をさせた子供のために、とにかく生涯を詫びに捧げる思いで生き続ける道もあったのではないか、とも思うのである。

そういうことをぼくに相談してくれなかった顚末についてもいろいろに考えた。相談しても同じ年代のぼくなどでは頼り無く、それ以上に強く自分の責任の始末を自分でつける覚悟を固めていたのかもしれない。

本書のなかで、精神科医の中沢正夫先生がぼくのアンケートに答えて「死が自死しか選べない現代において」というひとことがあり、そうか、死というものは、あんがい選択の幅が狭い残酷なものなのだ——ということに気がついた。そしてこの一冊の本を書いている間にも、日本は年間に三万人以上の「自殺者」がいる、という現実がずっとあった。

それだけの人が「生きていくこと」に苦しんでいる世の中、「今の日本」ということについて、あらためてぼくは慣れない思考を強いられた。

この国はけっして豊かでも平和でも安全でも、「しあわせ」な国でもない。むしろ冷酷で非情な国なのだ、ということにも改めて気づかされた。

社会からつまはじきされてしまった人たちの多くが「自死」の候補者である。そのなかでももっとも痛ましいのが子供の「自死」だ。いじめなどで行き場を塞がれ、自分で「死」を選ぶ子供があとをたたない。

国家はこの痛ましく気の毒な「異常行動」の連鎖に、現実的には無策である。こうした異常現象に警鐘をならす役割である新聞やテレビなどの「言論機関」の意識もなにやらおかしい。

ひところ、いじめによる子供の自殺が連鎖的におきたことがあった。マスコミは連日そのことを伝え、大きな社会問題になった。

そのときヘンだな、と思ったのは、そういう事件を報道するマスコミのスタンスだった。いじめで追い詰められた子供が遺書を書いて自殺する。その遺書を大きくとりあげる。結果的にその子供を自殺に追いやった友達などの追及をする。犯人探しだ。マスコミの過剰報道は、いじめ加害者を特定し、結果的にその過剰報道が自殺した子供の仇をとるような展開になる。

それはまずい対応ではないのか、とその当時思った。そしてある週刊誌に四ページほど、当時ぼくの思うところを書かせてもらった。

「いじめなどで死ぬな」

というタイトルだったが、ぼくの意図したこととはちょっと違っていた。たしかにタイトルのとおりのことを書いていたのだが、マスコミがそのようにいじめの犯人割り出しをすることによって、自死を選んだ子供は、結果的に復讐の方便を知ることになる。

遺書にコトの顚末を書いて死ねばマスコミが仇をとってくれる。そう考えたあげくの自殺の連鎖がおきているのだとしたら、この状態はどこか大きく間違っている——と思ったのだ。自死を美化するような匂いがしていたからである。そうではなくて、影響力の大きなマスコミがきっぱり大きく叫ぶべきは、

「子供は自死なんかしてはいけない。どんな理由があろうとも自死は許されない行為なんだ」ということではないのか。

それは本音ではなく、嘘でもハッタリでもいい。小さな子供の判断だけで、自分で自分を死なせてはいけない、ということをとにかく絶対的に第一義に、安易な「自死」の選択は間違いである、ということを強く大きく唱えるべきなのだ。そのことの

ために マスコミやその周辺の大人達は全力を尽くして叫ぶべきだ。

子供のまだ小さな頭脳やその経験で、自死という自分で自分の「生」のくぎりをつけるのはあまりにも幼稚な思考で、恥ずかしいことなんだ、という方向に考え方を誘導していくのが、国や学校、マスコミのやるべき方向ではないのか。

それと同時に、いじめで苦しんでいる子供に「いま君がいる世界は人生のなかのほんの瞬間のような一時期」なのであって、しかも君のいる「いじめられている」世界はまったくちっぽけな〝点〟のような空間でしかなく、その周辺の四方八方にはもっともっと途方もなく大きな世界がひろがっているんだよ！ ということを知らせてあげる、という導きかたがあるのではないか。

たとえば中学二年生でいじめにあったとしたら、あと一年たてば、そんなせせこましい小さな世界を脱して、もっともっととてつもなくでっかい新世界がひろがっているんだ、という「生き方のガイド」をすべきではないだろうか。狭い狭い価値観に閉ざされている日本の学校などに行かなくてもいいのだし。

ぼくも中学のときに「いじめ」にあっている。東京生まれのぼくは千葉の中学に入った。第一次「荒れる中学」といわれた頃で、土地柄もあってとくにそこはめちゃくちゃだった。ぼくは背高ノッポの読書好きでおとなしい生徒だった。なかなか地元の風習に馴染めず、徒党に与《くみ》せず、気のあう小さな友達グループと平和な中学生活を送っていた。当時はまだ勉強ができるほうだった。

どうやらそれを「気取っている奴」と、目をつけられたのだろう。あるとき「呼び出し」というのにあい、学校裏の林のなかで、サッカー部を中心にした二十人ぐらいの生徒に囲まれた。徒党の中の二番目にケンカが強いという奴にいきなり攻撃された。顔を殴られたが、カッとしたぼくは反射的に殴り返した。そいつとは同じぐらいの体つきだった。中学生ぐらいのケンカはそうそう簡単に優劣などつかない。ぼくとしては生まれて初めてのケンカだったが、殴られたら全力で殴りかえしていたからなおさら決着はつかなかった。それでは呼び出したほうはしめしがつかない、ということなのだろう。最後は全員に襲われた。リンチというやつである。顔がボコボコに腫れあがった。そのときぼくはそいつらに言った。

「おまえら大勢いるからこんなことができるんだろ。一人対一人で同じことができんのか」

顎関節をやられていてうまく明確に話せたかどうか分からなかったが、そういうことを悔し紛れに言った。そうしてボコボコの顔のまま帰宅した。

家には長兄が帰ってきていた。彼とは異母兄弟である。海軍から復員し、傷痍《しょうい》軍人だった。砲弾にやられて片足が曲がらなかった。

長兄はぼくの顔を見て何があったかすぐにわかったようだった。くわしく訳を話せ、と言った。正確にその様子を言えと言った。

怒っていた。

「おまえはこれから毎日その卑怯な奴らの家に行って一人ずつ報復しろ。勝っても負けてもいい。とにかく一人ずつ報復しろ」

元軍人はどこか心の芯の部分で常に気が立っているようだった。その兄のいうことを聞かないとぼくは弱虫ということになる。そこで、兄の言うとおり、週に二回ぐらいの割合でその徒党の一人一人の家のまわりでそいつが一人で帰ってくるのを待ち、ケンカをしかけた。どの相手も信じられない顔をして、最初から腰が引けていた。

そのうちにぼくのその行動がかれらのなかで評判になっていったらしく、駅などで顔があうとそいつらはコソコソ逃げるようになった。

卒業までに全員に報復することはできなかったが、ある日の夜、彼らがそれぞれ棒を持ってぼくの家を襲ってきたことがあった。報復の報復、というわけだった。大げさながらそのときぼくは死の危険を感じた。そして長兄の部屋にある傷痍軍人の白衣などと一緒にしまってあった軍刀（昭和新刀）を持ち出していって二十人ぐらいの棒《ぼう》杭《ぐい》などを持った徒党の前でそれを振り回した。

真剣であることを示すために生け垣の枝葉などをバラバラ切った。それまでにも長兄には内緒でその軍刀を持ち出し「エイッ」などといって庭の竹などを切ったりしていた。昭和新刀は柄のところに安全装置の小さなボタンがあって押さないと抜けない。それを知らない友達などに「抜いてみな」などと言って渡すと誰も抜けないのを見て楽しんだりしていた。

でもそれを大勢の前で振り回す、というのは大変な腕力がいる、ということをその夜実感した。振り回しながら走ったりしたら、転んだときなど何時自分の体のどこかを刺してしまうかわからない、という恐怖もあった。でもそれよりもぼくの家を襲ってきた徒党はもっと怖かっただろう。

全員それこそ蜘蛛の子を散らすように逃げていった。そのとき逃げ後れた一人が白菜畑で転んだ。仰向けになって恐怖に歪んだ顔のそいつにむかってむき身の刀を突き刺すような恰好をとることもできたが、咄嗟の判断でやめた。なにかヘンな力が働いてそのまま突き刺してしまうかも知れない、という恐怖があったのだ。

それによって、彼らは卒業までもう何もしてくることはなくなり、学校ですれ違ってもむこうが顔をそらせるようになった。

でもあのとき、ぼくがそういう過激な抵抗をしなかったらぼくは再び彼らに潰されていたかもしれないなあ、と今になると思うのである。最悪はそれこそ「自死」である。

ただしそれから高校生になり、ぼくは何かに煽られるようにやたらに喧嘩っ早い、過激な青春時代を送るようになっていった、という後遺症のようなものが残ってしまったのだが。

その軍人だった長兄は二〇一一年の三月十二日に死去した。東日本大震災の翌日である。それからしばらくしてぼくは、その形見のひとつである軍刀を、釣り仲間の船に乗せてもらって相模湾の沖に「祈り」ながら捨てた。海に英霊をかえしたつもりだった。

同時にその軍刀はぼくを中学という曖昧で緩くて危険な時代から救ってくれた大きな「なにか」ではなかったのかと思った。ぼくは「いじめ」につぶされなかったのだ。

いじめられたら闘えばいい、と言いたいのではない。ぼくの場合、闘いを選んだが、逃げるという方法を選んでもいいのだ。学校をやめたっていい。要は、死ぬしかない、と思いつめないでほしいのだ。何度も言うが、そのつらい時間は、これから続く長い人生の中では「点」でしかないのだから。

若い子の自死のニュースに触れるたび、ぼくはNのことを思い出す。抱えていた問題は大きく違うが、二十歳だったNがもし当座の苦しみに耐えかねて自分だけの思考で自殺などせずに、なんとか生き抜いていたら、今どういう生活をし、どう自分の人生を考えているだろうか、というようなことを考えてしまう。

もうひとつこの本のなかでは触れなかったが、年配者の尊厳死について書いておきたい。一方で「尊厳死」は、若い頃の「自死」とは対極にあるように思う。ある程度の生をまっとうし、不幸ではあるが病に倒れ、いくつも生命維持装置に繋がれて辛うじて生きている、という状態になったとき、人は文字通り人間としての「尊厳」を重んじて、その当事者の希望するとおりに医学的な措置を施し、いくつもの生命維持装置の継続を断って、ゆるやかな、しかし確実なやすらぎへむかって生の終止符をうつ「しめくくり」への選択が普通に認められていいと思う。

ぼくは若い頃からそうとうに無理をした人生を送ってきたから、自分自身そういう状態になったらそのようにしたい。自分で判断できないような状態になったときは遺族はこの本のこの箇所をひろげて実行してもらいたい。

それからもうひとつ、近頃、独居老人の孤独死、ということもよくとりざたされるようになった。あたかも「あわれ」であり薄情な近隣社会、などということが、これもまた共通して語られるけれど、果して本当にみんながみんなそういうことなのだろうか。

「孤独死」にも、「自ら選んだ死」というケースもあるのではないのか、と思うのだ。大した病苦もないが、もうあくせくと生きるためにモノを手にいれ、それを料理して咀嚼《そしゃく》し、新聞やテレビで世の中のことを逐一知り、怒ったりよろこんだり（怒るほうが圧倒的に多いと思うが）、それでもじわじわ生き続ける、ということにあまりたいした意味を感じなくなる状態、年齢、思考変化、というものがおとずれることもあるだろう。そのときは、自発的に、ゆったりした自分だけの空間でゆるやかに自分で進んで生命を断っていく、という選択もあるべきだと思う。それは決して「あわれ」でもなく周辺が「非情」でもない尊厳すべきもうひとつの死の選択なのだろうと思う。

こんなふうに、これからの「死」はもっともっとその人間の意志によって、幅のひろい方法が考えられるべきだろう。

　このあとがきを書いて二週間もしないうちに親友の西川良が急逝した。食道ガンが一年ほど前に発覚し、手術した。うまくいき、転移もなく、三ヵ月ほどで会社に復帰できるようになった。彼は小さいながらもイベント会社の社長をしていたので、やるべきことが山積していた。我々にとって非常に大切な仲間だったので、彼の生還、生命力の強さに感嘆した。やがてみんなでなじみの居酒屋に集まって「全快直前乾杯」ができるまでに復活した。

　けれどガンという奴はまさしく悪魔のように悪辣でしつこく、陰険にしぶとかった。手術の際に目に見えない大きさのガンが取り残され、それが再び暴れだしたのだ。もう再手術も不可能で、抗ガン剤の投与も放射線治療もできない状態になっていた。その悪化する速さはまさしく悪魔的だった。

　ぼくが何度目かの見舞いに行ったときは、すでにホスピス系の病院に入っていた。親しい仲間三人で見舞いに行った。掠《かす》れるような声だったが、彼はまだ話はでき、ときおり笑顔もあった。一時間ほど会話し、帰ることになった。そのとき西川の裸足の足がベッドの布団の外に出ていることに気がついた。まだ寒い季節だ。

ぼくは彼の足の裏をくすぐってやった。早く、例の奇跡のモーレツ回復力で戻ってこいよ、というぼくなりの合図のつもりだった。

西川は、そのときヘンに真顔になってぼくに右手を差し出し、握手を求めてきた。手を握ると、重病人のわりにはいやに力のこもった握手であった。今思えばあれが西川流の「別れの挨拶」なのだった。

「友よさらば」の。

通夜も葬儀も寒い日だった。弔辞はぼくが読んだ。前の夜に原稿用紙二枚に書いた。手紙みたいな文章になってしまった。

感情をおさえて読み通そうと思ったが、読みすすんでいくうちに後ろにいる会葬者や、左右に座っている親族のすすり泣く声が大きくなっていき、それに反応してぼくも涙を流した。本当に悲しい気持ちなんだから、男でも涙を流していいんだ、とその時思った。

彼の死顔を見るのは一瞬だけにした。ぼくと並んだ写真が彼の胸のあたりに置かれているのが見えた。

この親友の死が、この本を書いているあいだのもっとも新しい死である。ぼくはあといくつこういう場に立ち合うのだろうか。そしていつ自分がこういう場でみなにおくられるのだろうか。それは、わからない。ぼくにも、そして誰にもわからない。

二〇一三年一月

椎名　誠

解説――友よ、死について語ろう

中沢正夫

人には「生き生き生きている人」「生きている人」「息をしている人」がいる。同じ人でもその時々によってこの三つの間を行き来する。それを嘆くか「無常」と達観するかはまた別の哲学である。作家は夢を売る商売の一つである。だからその実生活は得てして伏せられていることが多い。椎名さんの魅力は、その実生活を作品にしてしまい、読者と等身大の自分を曝《さら》すことにある。読者は、背景が自分とさして変わらないのにいつも「生き生き生きている」姿に痺《しび》れるのである。

そんな椎名さんと「死」は、もっとも似合わない組み合わせだろう。椎名さんが「死を意識した」のは、私のコトバ「あなたは自分の死について真剣に考えたことはこれまで一度もないでしょう」であったというが、よく覚えていない。椎名さんはいつも「生き生き生きている」から、羨《うらや》ましさのあまり、漏らしたのであろう。最近の私は「息をしているだけの人」になっている。それが言わせた言葉であろう。

椎名さんがコッポラコート（米兵のトレンチコート）姿で私の診察室に入ってきてから三十五年ほど経《た》った。ちょっとした体の不調を自分で調べ過ぎて、重病と思いこみ入院覚悟であった。奥さんの機転で、とりあえず……と私のところに来たのである。もちろん、すぐに良くなったのだが、通院中は私が読んでいる漫画（『さんだらぼっち』『浮浪雲《はぐれぐも》』など）や飾ってあった高下駄《たかげた》（患者さんの旅の土産品で「竜馬」と書いてある）を「それ、診察道具ですか」と訊《き》きこちらをドギマギさせた。そんな診察ぶりや待合室風景を本に書いてしまったのである。椎名さんは、作家業に踏み切ったばかり、本の雑誌社も四谷《よつや》時代（群ようこさんがいつも、一人留守番をしていた）である。『さらば国分寺書店のオババ』がヒットしていたとはいえ、あとから考えると椎名さんの人生では最大の難所の時期であった。

それ以来、椎名さんは私のことを（呼び様がないのか）主治医と言いはじめ、「椎名組」の客分に招かれ、展開される諸活動へ参加するようになり、勧められて雑文を書きだした。何とも「怪しい」一期一会《いちごいちえ》だったのである。

椎名さんの作品は、誰でも知っているように、大きく三つに括《くく》れる。一つは「辺境の旅人」シリーズ。それも命の危険を伴うような旅である。パタゴニア・厳寒のシベリア・メコン川下り、それもワイルドな自然紹介ではなく、視点は自然と調和して生き抜いている等身大の「ヒト」に向けられている。その地で「生き生き生きている」人シリーズと言っていい。

二つ目は、『岳《がく》物語』で一気に開花したシリーズである。わが国の純文学がジメジメした私小説に終始するなかで、それを鼻で笑うような現代型「私小説」とも言うべき分野となった。まだ「くりくり頭」であった岳少年を知っているので、私も夢中で読んだ。これによって世の「お母さん」たちの心をしっかりつかんでしまい「お父さん」たちは、よき「父親像」をここに求めた。近作の『三匹のかいじゅう』『孫物語』もここに入る。三つ目は、SFである。『武装島田倉庫』から『水域』『アド・バード』、そして『埠頭三角暗闇市場《ふとうさんかくくらやみいちば》』と書き続けている。椎名さんが最も作家アイデンティティーを賭《か》けている分野である。

今回のこの本には、「辺境の旅人」である椎名さんが接した、世界各国の、正確に言えば、民族の、葬送が書いてある。どんな民俗学者、文化人類学者の書いたものより面白い。著者が見聞したままを書いているからである。それもモンゴルやチベット、ヴェトナム、カンボジア、アマゾンなど自分が実際訪れた主に辺境の地の葬送（具体的には遺体処理）が主である。火葬・土葬・水葬・風葬・鳥葬・樹葬、そして、地域ごとのバリエーションが書かれている。鳥葬と聞くだけで、おぞましいと思うかもしれない。風葬というと格好がいいが、野ざらしにすることである。それらには、その地の「厳しい自然」が規定したであろう固有の死生観があり、魂と霊との関係からの遺体処理があるのである。「生と死、死後のこと」は、その民族の精神世界・文化の根源であり、その民族のアイデンティティーそのものである。それは容易に変わるものではない。

私は、隣組が主体となった土葬時代を体験している。この葬式隣組は村の中でも格別の緊密性を保っていた。それが五十年足らずの間に、葬儀社代行、火葬へと代わってしまった。この本は、椎名さんの、わが国における、哀悼と葬儀の乖離《かいり》、無意味な墓石文化批判から始まっている。動物は墓を持たない。死体はすべて、食物連鎖に委《ゆだ》ねられる。葬送の基本は、「自然に戻す」「生物生態系を乱さない」ことにあると紹介され、椎名さんの怒りがよくわかる。モンゴルで火葬がないのは、燃やす木がないからである。だがもし、その地域がレア・メタルや石油・石炭・ウランなどの宝庫とわかり、豊かになれば、火葬になってしまうのではなかろうか、とふと不安になった。

わが国の葬送の形骸化は、高度成長時代と期を一にしているからである。文化が加速度的に一極化してゆく現代、文化の代表であるヒトの葬送はいつまで固有性を保ち続けることができるのであろう。

世界各地の葬送とその文化の背景には、我らが失った「信仰心」の問題がある。この本は、五体投地巡礼などは、狂気の沙汰《さた》！と思ってしまう、日本人的薄っぺらさや画一的な感情をあぶりだしているのである。みんな同じようにスマホを観《み》ているオトナや何重にも「死」から隔離されているコドモたちにぜひ読ませたいものである。人間と動物の違いの第一は、わが身の有限性（必ず死ぬ）ということを知って生きていることである。大人になることは、死に近づいているということであり、そこに目をふさいだら、進歩・努力はなく、とても「生きている」とは言えない。

椎名さんも前期高齢者である。二人称の死（家族・親しい人の死）には、当然出会っている。お母さんの死には予知夢があったというし、兄や姉もなくなっている。死別した親しい友人には、すでに年下の人もいる。その都度、椎名さんは、一人酒場で献杯し、弔辞を読みながら涙している。ニヤーデス（危機一髪）も若き頃の交通事故は別としても、辺境旅の中で、ディープ・ダイビング中（グレートバリアリーフ）の事故、モンゴルでの車の転落寸前事故、アマゾンの激流呑《の》み込まれ事故、楼蘭《ろうらん》での原爆実験ほか、いくつもこの本の中で紹介されている。

そんな経験をしながらも、椎名さんはなぜ、いつも「生き生き生きている」のか、その秘密（不老術）は、椎名さんをボスとして結成されている、非日常的「日常冒険集団」にある、と私は考えている。冒険と言っても海岸や無人島でキャンプをしたり、焚《た》き火を囲んで大酒のんだりが主であるが、その組織構成の質はほとんど変わらない。男だけ、ヒエラルヒーがはっきりしている（奴隷《どれい》制度？もある）。ギャング・エイジ時代の興奮と団結・協力の酔いを「期間限定」で再現する集団がいつもできているのである。椎名さんが会社勤めの頃からあり（東日本なんでもケトばす会：東ケト会）今も続いている。その後は、「怪しい探検隊」「いやはや隊」「浮き球三角ベースボール」「雑《ざ》魚《こ》釣り隊」と続く。いずれもその時々の生きのいい青年が中心である。青年が老いてくると「奴隷」で補うという仕組みである。ところが椎名さんだけは老いない。毎朝、スクワット、腹筋、腕立て伏せを2セットやっているので浮き球ベースボールではホームランをかっ飛ばし、若さを買われた奴隷も体力的についていけなくて、形無しである。椎名さんを支えている最大の能力は「体力だ！」といつも思う。子供のころのように無我夢中で遊ぶことをこんなにも熱心にやるのはなぜだろう?!　その答えは、少年の日、椎名さんを虜《とりこ》にした『十五少年漂流記』（ジュール・ヴェルヌ著、最近、娘の渡辺葉《よう》さんと共訳本を出版）であろうと思う。そこではシーナワールドの一切（冒険・団結・協力、躍動する生、友情……）が詰まっている。始皇帝のように不老不死の霊薬を求めたのではなく、生の躍動を仲間と常時共有することを（たぶん無意識に）続けたのであろう。そしてそれは今のところ成功しているといえる。

だから椎名さんは、まだまだ元気で生きるつもりである。この本では、危機一髪体験は書いてあるが、「自分の死」については、具体的に書いていない。どういうふうに死にたいか、の希望、尊厳死などに軽く触れているが、この題名から中年過ぎの読者が期待するであろう「自分の死」に深く言及していない。いまは、孫が出来、生きる張り合いが増し、自分の死は遠くなったように感じているようだ。わが身に死が近づいたことを感じさせるくだりは、最後の章、「友よさらば――少し長いあとがき」である。

一人称の死（やがて来るわが身の死）については、まだ書く気分になっていないように見える。私はこの続きを書いてほしいと思っている。『岳物語』や『孫物語』のシーナマコトが「迫りくる自分の死」にどう悩み、折り合い、逃げ、どこで腹を固めるか……を。『もだえ苦しむ活字中毒者地獄の味噌蔵《みそぐら》』ならぬ「もだえ苦しむ活字中毒者、死神との談合」である。幸せなお母さん読者も、不幸せなオジイチャン読者もそれを待っているからだ。自分の生活を含め、裏を曝し続けた稀有《けう》な作家、椎名誠が贈る最大のシーナワールドとなるだろうと思う。福音書ではなく、人間として、自分と同じ煩悶《はんもん》の量と質を読者は望んでいるに違いない。それもここ数年のうちに書いてもらわなければならない。そうでないと、私が読めなくなってしまう。私の方がはるかに年上だからである。

（平成二十七年十月、精神科医）

この作品は平成二十五年四月新潮社より刊行された。

椎名誠著

「十五少年漂流記」への旅
―幻の島を探して―

あの作品のモデルとなった島へ行かないか。胸躍る誘いを受けて、冒険作家は南太平洋へ。少年の夢が壮大に羽ばたく紀行エッセイ！

椎名誠著

すばらしい暗闇世界

世界一深い洞窟、空飛ぶヘビ、パリの地下墓地。閉所恐怖症で不眠症のシーナが体験した地球の神秘を書き尽くす驚異のエッセイ集！

国分拓著

ヤノマミ
大宅壮一ノンフィクション賞受賞

僕たちは深い森の中で、ひたすら耳を澄ました――。アマゾンで、今なお原初の暮らしを営む先住民との150日間もの同居の記録。

R・カーソン
青樹簗一訳

沈黙の春

自然を破壊し人体を蝕む化学薬品の浸透……現代人に自然の尊さを思い起させ、自然保護と化学公害告発の先駆となった世界的名著。

ヴェルヌ
波多野完治訳

十五少年漂流記

嵐にもまれて見知らぬ岸辺に漂着した十五人の少年たち。生きるためにあらゆる知恵と勇気と好奇心を発揮する冒険の日々が始まった。

北杜夫著

どくとるマンボウ航海記

のどかな笑いをふりまきながら、青い空の下を小さな船に乗って海外旅行に出かけたどくとるマンボウ。独自の観察眼でつづる旅行記。

ぼくがいま、死《し》について思《おも》うこと

新潮文庫 し－25－39

平成二十八年一月一日発行
令和六年二月十日六刷

著者 椎《しい》名《な》誠《まこと》

発行者 佐藤隆信

発行所 株式会社 新潮社

郵便番号 一六二―八七一一
東京都新宿区矢来町七一
電話 編集部(〇三)三二六六―五四四〇
読者係(〇三)三二六六―五一一一
https://www.shinchosha.co.jp

価格はカバーに表示してあります。

乱丁・落丁本は、ご面倒ですが小社読者係宛ご送付ください。送料小社負担にてお取替えいたします。

印刷・大日本印刷株式会社 製本・株式会社大進堂

ISBN978-4-10-144839-8 C0195